FOLIO JUNIOR

© Éditions Gallimard Jeunesse, 2003, pour le texte et les illustrations

Katia Sabet

LES PAPYRUS MAUDITS

Illustrations de Philippe Biard

FOLIO JUNIOR/**GALLIMARD** JEUNESSE

Tous les mots suivis d'un astérisque sont expliqués dans un glossaire p. 218.

1

En ce 12 septembre 1902, l'agitation était à son comble à Mit Rehina, petit village de la campagne égyptienne. Cela faisait déjà une semaine que Rami et Hammouda, qui avaient toujours vécu là, préparaient leur départ pour le collège, et le grand jour était arrivé.

Les deux jeunes garçons étaient les protégés du khédive Abbas II d'Égypte, qui avait ordonné qu'on les fasse étudier à ses frais. Le souverain voulait ainsi les récompenser du rôle qu'ils avaient joué, près d'une année auparavant, lors de la découverte du trésor d'Hor Hotep et de l'arrestation d'un dangereux trafiquant d'antiquités, le mystérieux Monsieur H., alias Henri Armellini.

Dès six heures du matin, Rami avait préparé son baluchon, revêtu son unique costume, et s'était placé au bord de la route avec son frère, Raafat le tisserand, pour attendre la voiture qui devait le conduire en ville. Plusieurs amis les rejoignirent bientôt : oncle Darwiche, le cheikh Abdel Ghelil, les frères Garghir, les élèves du *kottab**, le cheikh Mansi.

Tous étaient fiers que le khédive ait distingué leur

modeste village grâce aux prouesses des deux garçons, qu'ils voulaient honorer dignement.

Hammouda fit son apparition un peu plus tard, vêtu d'une éclatante *gallabieh** en satin jaune vif, et chaussé de babouches ton sur ton. Il était accompagné par sa mère, omm* Hammouda, qui poussait des cris à fendre l'âme : « Mon petit me quitte ! Mon petit s'en va ! »

Peu à peu une foule d'amis et de connaissances s'était groupée sur la route pour dire adieu aux futurs élèves de l'Institut khédivial. Les cris d'omm Hammouda tirèrent du sommeil les quelques retardataires qui auraient pu rater le départ, ce qui fit que le village au grand complet se retrouva au bord du chemin au moment où apparut au loin un petit nuage de poussière. Le nuage grandit, se rapprocha, et finalement laissa paraître une voiture tirée par une paire de robustes chevaux.

De cette voiture descendirent deux messieurs en redingote et lunettes dorées qui regardèrent avec condescendance la foule de paysans qui les entourait.

– C'est bien ici le village de Mit Rehina ? demanda le plus maigre, qui était courbe et desséché comme une gousse de haricot.

Le cheikh Abdel Ghelil, le maître d'école, avança vers les deux hommes en laissant flotter derrière lui son *abaya** rapiécée :

– Soyez les bienvenus dans notre humble village, dit-il.

– Où sont les deux sujets ? aboya l'autre homme, qui ressemblait à un pékinois rageur et trop nourri.

– M. le préfet Moyïn demande où sont les deux sujets ! glapit le maigre.

Rami et Hammouda firent sans entrain un pas en avant.

– Je t'avais bien dit que c'était un *maalab*, chuchota Hammouda à l'oreille de son copain. (Un *maalab*, en égyptien, c'est un mauvais tour, une filouterie, une friponnerie, une arnaque, et beaucoup d'autres choses encore.)

Le préfet à face de pékinois tournait autour de Hammouda :

– Vous vous payez ma tête ? cria-t-il. Cet individu est en âge de se marier, et on veut l'envoyer à l'école !

– Hammouda ! C'est vrai qu'il est gros, mais il n'a que treize ans, glissa suavement le cheikh Abdel Ghelil.

– Oh, je veux bien rester ici, moi ! cria Hammouda plein d'espoir.

Rami lui envoya un coup de coude :

– Tu aurais l'audace de me laisser seul avec ces deux corbeaux ? chuchota-t-il dans son dos.

Le préfet se couvrait le nez avec un mouchoir :

– Allons, assez parlé. Rami et Hammouda, montez dans la voiture et qu'on en finisse. Ça sent mauvais, ici. Quelle est cette odeur ?

– Vous avez marché dans une bouse de chameau, monsieur, expliqua en rigolant le cheikh Abdel Ghelil. Vous aurez beaucoup de chance, cette année.

– Cessez de dire des bêtises, hurla le préfet qui était devenu tout rouge.

Le cocher fut chargé de lui nettoyer ses chaussures, ce qu'il fit en les frottant avec de la paille sèche, puis tout le monde monta dans la voiture, mettant un terme aux adieux. Mit Rehina s'éloigna peu à peu au trot des chevaux et Rami regarda défiler avec nostalgie les collines de Sakkara où il avait connu le directeur du chantier de fouilles archéologiques, où il avait joué et couru avec son ami Ringo, le chien-loup, où il avait vécu des aventures magnifiques et où il était tombé amoureux. Car il faut le reconnaître, Rami était désormais épris de sa petite voisine Nefissa, et cela lui rendait le départ pour l'école du khédive particulièrement difficile. De tout le village, Nefissa était la seule qui n'était pas venue assister au départ, elle avait eu trop peur de se mettre à pleurer devant tout le monde et de dévoiler ainsi son secret. Elle était donc restée à sa fenêtre et avait agité longtemps sa petite main : ils s'étaient dit adieu du regard.

Hammouda avait des soucis plus prosaïques : sa *gallabieh* jaune le gênait horriblement. Après l'avoir considérée comme du dernier cri de la mode, il se rendait compte qu'elle faisait un déplaisant contraste avec les habits funèbres de leurs mentors et même avec la tenue de Rami, qui avait cru bon de s'affubler du costume occidental que le directeur lui avait fait mettre pour le bal du khédive à Hélouan. Une *gallabieh* en satin jaune pouvait être magnifique à Mit Rehina, mais plus ils approchaient du Caire, plus l'étoffe chatoyante, achetée par sa mère au marché d'El Saff, lui faisait l'effet d'une peau de chagrin qui enserrait désagréablement ses épaules et sa poitrine.

Enfin la voiture parcourut les rues sonores de la ville, entra dans une cour recouverte de gravier, fit un large demi-tour et s'arrêta devant le perron d'un édifice imposant.

– Ouste, descendez, ordonna le préfet, auquel son assistant, qui s'appelait Dardiri, avait adressé pendant tout le voyage une série de « Moyïn effendi » empressés. Rami et Hammouda obéirent. La cour de l'Institut khédivial était remplie d'élèves vêtus d'un uniforme bleu marine gansé de rouge, le tarbouche sur la tête et les pieds chaussés de bottines noires, malgré la chaleur. Les nouveaux venus se trouvèrent immédiatement sous le feu d'une centaine de regards qui les examinaient sans complaisance et qui finirent par s'arrêter sur la *gallabieh* de Hammouda.

– Surveillant Dardiri ! hurla le préfet, et l'homme maigre fit un pas en avant.

– Mets-moi ces deux-là immédiatement sous la douche et passe leur tignasse au peigne fin, ordonna Moyïn effendi d'un ton tout aussi suraigu.

Une onde d'hilarité parcourut la foule des élèves et les nouveaux venus se sentirent rougir.

– Je ne resterai pas ici un seul jour, grogna Hammouda. Je ne suis pas venu pour me faire insulter.

– La ferme ! rugit Dardiri. Il est défendu de parler sans autorisation !

Ceci dit, il poussa du bout de sa canne les deux garçons vers une construction basse et trapue qui se trouvait au fond de la cour.

– Nous voici dans les bains, dit-il, quand ils furent entrés. Cet édifice est dû à la prévenance et à la générosité de Son Altesse le khédive. Naturellement, vous n'avez jamais vu rien de semblable, dans votre patelin de culs-terreux.

La figure de Hammouda s'allongeait de plus en plus, tandis que Rami se retenait avec peine de pouffer.

Après une douche bouillante, on leur donna du linge frais marqué par des numéros : Rami reçut le numéro 72 et Hammouda le 87. Des uniformes à peu près à leur taille les attendaient au vestiaire. Hammouda vit disparaître avec soulagement sa *gallabieh*, emportée à bout de bras par des serviteurs qui faisaient la grimace. Puis le surveillant Dardiri les fit marcher au pas de charge à travers la cour et ils pénétrèrent dans l'édifice principal.

Le hall de l'Institut était une vaste salle haute de trois étages, avec des escaliers qui s'envolaient à droite et à gauche pour rejoindre les loggias internes illuminées par des fenêtres aux vitres multicolores. C'était beaucoup plus grand, plus beau et plus majestueux que l'hôtel Glanz de Hélouan, le seul édifice en dur que Rami et Hammouda aient jamais connu, et les deux nouveaux élèves en eurent le souffle coupé. Mais déjà l'inflexible Dardiri les poussait vers une énorme porte en chêne sculpté, et, après avoir frappé, les propulsa dans un bureau tellement sombre que tout d'abord les deux garçons ne virent absolument rien. Une voix nasillarde ordonna : « Approchez » et ils avancèrent vers le seul de la pièce coin à peu près éclairé, où trônait une immense table de travail aux pieds sculptés et torsadés.

Maintenant, ils apercevaient une tête qui semblait flotter au-dessus de la table et des paperasses dont elle était chargée. Cette tête était surmontée d'un très haut tarbouche et affublée des fameuses lunettes dorées qui apparemment étaient un accessoire commun à tous les membres du corps enseignant.

– Saluez M. le proviseur, Katkout effendi, ordonna le

surveillant Dardiri en donnant aux deux garçons une tape dans le dos.

Rami et Hammouda firent une courbette et lancèrent à l'unisson :

— Bonjour, monsieur.

Le proviseur les toisait avec dédain :

— Son Altesse le khédive a ordonné que vous soyez reçus dans notre honorable institut, dit-il du bout des lèvres, et nous devons obéir à ses ordres. Mais n'oubliez jamais que vous vous trouvez au milieu des élèves les plus doués d'Égypte, des fils des familles les plus nobles et les plus raffinées du royaume, de jeunes aristocrates qui sont destinés à un avenir brillant. Savez-vous lire et écrire ?

Rami et Hammouda se regardèrent.

— Oui, monsieur, répondit Rami.

Hammouda se contenta de devenir couleur pivoine.

— Et toi ? Tu as avalé ta langue ? aboya le proviseur

— Non, monsieur, je ne sais pas lire, marmonna Hammouda. Mais je veux bien apprendre.

— A la bonne heure, ironisa Dardiri à mi-voix.

— Bon, j'ai compris, dit Katkout effendi. Dardiri, installez ces deux-là dans la classe provisoire et voyez qu'ils apprennent à se tenir à table et à se laver. Pour le reste, Dieu y pourvoira.

2

Rami et Hammouda découvrirent bientôt que la « classe provisoire », comme l'avait appelée Katkout effendi, n'était en fait qu'une sorte de quarantaine dans laquelle on les maintenait afin de leur inculquer les rudiments de ce que Dardiri définissait comme les « bonnes manières ». On leur apprit donc à manier les robinets, le savon et les serviettes, à nettoyer méticuleusement la salle de bains, à se laver les dents, à faire leurs lits, à se servir d'un couteau et d'une fourchette et à manier la cuillère de manière tout à fait différente de celle qu'ils connaissaient : ils étaient habitués à l'enfourner dans la bouche par la pointe, or ils furent priés de l'approcher gentiment des lèvres en la tenant parallèle au visage et d'absorber avec délicatesse son contenu depuis son bord gauche. Hammouda eut les plus grandes difficultés à adapter sa bouche à ces acrobaties, et le surveillant Dardiri fut obligé de lui mettre une bavette en toile cirée pour sauver le devant de son uniforme d'une pluie de taches.

Entre ces exercices intensifs (qui comprenaient aussi

des leçons de maintien, de diction et de manucure), Rami et Hammouda allaient en classe. Un vieux cheikh, qui ressemblait un peu au cheikh Abdel Ghelil, venait tous les jours leur faire ânonner les lettres de l'alphabet arabe devant un tableau noir, et ne se privait pas, à la moindre faute, de laisser tomber sa baguette en bambou sur les doigts du fautif. Rami fut épargné, parce qu'il ne se trompait pas, mais Hammouda eut bientôt des mains semblables à deux paquets de saucisses, ce qui lui rendit encore plus difficile l'usage de la cuillère.

Pour les deux jeunes garçons, les journées s'écoulaient dans l'ennui et la solitude. Sans se l'avouer, tous deux regrettaient les champs qui entouraient leur village et les collines du désert qui se dressaient à l'ouest, couronnées par la pyramide à degrés du roi Zoser, rose au matin, noire au soleil couchant. Rami songeait à la petite Nefissa, au chien Ringo qui avait partagé avec lui les jeux et les émotions d'une époque aventureuse, au directeur qui lui avait appris tant de choses. Il pensait à sa modeste maison et à son frère Raafat, désormais marié à sa bien-aimée Chalabeia, et des larmes lui montaient aux yeux. De son côté, Hammouda se sentait fondre de nostalgie au souvenir du poisson frit que préparait sa mère et regrettait amèrement sa liberté. Le soir venu, les deux amis étaient tellement fatigués qu'ils n'avaient même pas la force de se plaindre. Ils se mettaient au lit après avoir enfilé de longues chemises de nuit en toile blanche et tombaient dans un sommeil de plomb d'où les tirait le lendemain à cinq heures le son strident d'un clairon. Ils n'avaient aucun contact avec les autres élèves, qu'ils voyaient descendre dans la cour aux ordres du préfet Moyïn pour le cours de gymnastique et rentrer ensuite dans l'édifice principal, d'où bientôt leur parvenaient les bruits des différentes classes. Tout l'Institut vibrait alors comme une ruche et Rami se sentait exclu et inutile. Un jour il osa demander à Dardiri quand ils pourraient rejoindre les autres élèves, mais le surveillant se contenta de faire une moue méprisante qui ne laissait présager rien de bon.

Hammouda devenait de plus en plus taciturne et maigrissait, ce qui chez lui était un signe certain de dépression. Il avait commencé à reconnaître les lettres de l'alphabet et à ânonner quelques mots, mais cela ne lui procurait aucune satisfaction. En secret, il ruminait continuellement des projets de fuite. Il aurait fini par les mettre à exécution, malgré son attachement à Rami et son réel désir d'apprendre, si des événements inattendus n'étaient pas venus modifier complètement la situation.

Tout d'abord, il y eut la bagarre des douches. Ce jour-là, Hammouda s'y était attardé pour essayer de récupérer sa savonnette qui avait glissé sous une baignoire. Comme tout accessoire fourni par l'Institut, les savonnettes étaient des biens dont il fallait justifier l'usage et éventuellement la disparition, et Hammouda n'avait aucune envie d'entrer en conflit avec le surveillant Dardiri : ainsi se démenait-il sur le sol pour essayer d'atteindre le petit bout de savon blanc qui semblait le narguer entre les pattes de lion de la baignoire et s'éloignait sur le marbre mouillé chaque fois qu'il était sur le point de l'atteindre. C'est alors qu'un grand, qui avait entendu du bruit dans la salle de bains, entra dans salle des douches – qui à cette heure était réservée aux élèves des classes supérieures. La présence d'un nouveau à cet endroit et à ce moment était un excellent prétexte pour déclencher une belle bagarre et le garçon, qui s'appelait Addoula et était champion de lutte libre, n'avait aucune intention de laisser passer cette magnifique occasion d'exercer ses muscles. Il commença par apostropher l'intrus en le traitant de morveux ; Hammouda leva la tête brusquement et se cogna durement contre le rebord de la baignoire, ce qui le mit de fort mauvaise humeur. Puis Addoula se moqua de ses caleçons rayés. C'était plus que ne pouvait tolérer Hammouda : il se souvint en un éclair d'avoir été le roi incontesté et révéré de la marmaille de Mit Rehina, se rappela ses glorieuses chevauchées à dos d'âne, et d'avoir serré la main à Son Altesse le khédive en personne grâce à ses prouesses dans l'affaire d'Hor Hotep. Se relevant d'un bond, il s'élança la tête la première contre l'insolent qui avait osé se moquer de lui. Déséquilibré par la charge inattendue du « nouveau », Addoula se retrouva poussé à reculons jusqu'au milieu de la cour par une sorte de petit taureau enragé.

C'est alors que Rami se rendit compte qu'il y avait du grabuge. Il courut vers la fenêtre et vit Hammouda qui se battait furieusement avec un grand dadais dont l'uniforme s'en allait en morceaux. Un cercle d'élèves de toutes tailles entourait les deux adversaires : certains applaudissaient Addoula, leur champion, mais quelques voix s'élevaient déjà pour encourager le nouvel élève aux cris de « Bravo le gros ». M. le proviseur, attiré à sa fenêtre par ces clameurs

inhabituelles, assista à une lutte épique où toute l'habileté du champion attitré du collège ne parvenait pas à déplacer d'un millimètre la masse brune d'un inconnu en culottes rayées dont les muscles luisaient au soleil matinal.

– Assez ! cria de sa fenêtre le Proviseur, et les deux adversaires se séparèrent.

Katkout effendi reconnut le jeune paysan de Mit Rehina que Son Altesse le khédive lui avait confié pour en faire un futur dirigeant du pays, et son sang ne fit qu'un tour.

– Vous deux, au rapport ! hurla-t-il, et les deux se précipitèrent vers l'entrée de l'Institut.

Mais pendant que Hammouda et Addoula gravissaient les marches pour atteindre son bureau, le proviseur réfléchissait rapidement : ce paysan gros et plutôt stupide avait du moins une qualité rare, il savait se battre. Sans être instruit des finesses de la lutte libre, il avait su tenir tête au nommé Addoula, dont les victoires inter-collèges et inter-villes ne se comptaient plus. Le proviseur actionna vigoureusement une clochette et ordonna à son secrétaire de faire venir à toute vitesse l'instructeur de gymnastique, Corcom effendi. Quand celui-ci fut arrivé, il lui dit tout de go, devant les deux élèves éberlués, qu'à partir de ce jour Addoula et l'autre, comment s'appelait-il ? cet Hammouda, devaient s'entraîner ensemble intensivement de manière à former une équipe imbattable.

A partir de ce jour, Hammouda fut donc admis dans la grande famille de l'Institut khédivial. On lui donna une place au dortoir, une autre au réfectoire, et on installa un banc assez grand pour lui dans une classe primaire.

Rami resta seul à se morfondre de l'autre côté de la

cour, mais son exil ne dura pas longtemps. En effet, l'après-midi du jour suivant, un Dardiri surexcité et bégayant vint lui annoncer qu'un important personnage l'attendait au parloir.

– Il faut mettre votre tenue de gala ! ajouta le surveillant.

Et quand Rami lui fit remarquer que personne n'avait songé à lui fournir ce vêtement, Dardiri piqua un sprint et revint au bout de cinq minutes avec un uniforme étincelant d'or et d'argent, la copie miniature d'un habit de gala ministériel.

– Mais qui donc est venu me voir ? demanda Rami étonné.

– M. le surintendant général aux fouilles khédiviales, répondit Dardiri d'une voix pétrie de respect.

Ce titre ronflant ne disait rien à Rami, qui revêtit son uniforme de gala sans le moindre enthousiasme. Mais quand il arriva au parloir, qui était une vaste salle garnie de canapés en cuir, il fut assailli par un ouragan de poils et de jappements de joie : Ringo. Puis Rami reconnut dans un rayon de soleil son ami et maître, le directeur, qui lui souriait en lui tendant les bras.

Rami fit alors une chose qu'il n'avait jamais faite de sa vie : il se mit à courir, se pendit au cou de cet homme qu'il aimait comme un père, et lui imprima deux baisers sonores sur les joues. Puis il se ressaisit, honteux et rougissant.

– Comment va, Rami ? bougonna le directeur, plus ému qu'il ne voulait le montrer.

– Je vais bien, monsieur. Merci, merci d'être venu me voir ! Je vous croyais parti pour toujours !

– Je suis revenu de Paris depuis deux jours, et ma première visite est pour toi. Comment vas-tu, mon garçon ? Tu as grandi, tu es presque aussi haut que moi !

– Je vais bien, répondit Rami, mais la vie ici n'est pas agréable. Pour l'instant je n'ai rien appris de nouveau, sauf à me brosser les ongles.

Le directeur fronça les sourcils :

– Tu ne vas pas en classe avec les autres ? On ne t'a pas encore demandé de choisir une matière ?

– Non, dit Rami. Je suis encore dans la classe de transition.

Le directeur devint rouge de dépit :

– Comment ? J'avais bien expliqué au proviseur, Katkout effendi, que tu étais d'un bon niveau. Pour Hammouda, naturellement, la situation est différente, mais toi...

– Oh, Hammouda est déjà passé au collège, expliqua Rami. On l'a mis dans la section sportive.

Le directeur pouffa de rire :

– Ce qui confirme que les muscles sont parfois aussi utiles que le cerveau. Ne t'en fais pas, Rami, on va arranger ça. Tu as déjà pensé au genre d'études que tu aimerais faire ?

Rami rougit et baissa la tête sans répondre.

Le directeur le regarda perplexe :

– Qu'est ce qui se passe ? Tu ne veux pas me le dire ?

– Je ne voudrais pas vous sembler présomptueux... mais je voudrais devenir comme vous... un égypto... égyptologue.

Le directeur sourit :

– J'espérais te l'entendre dire. Ainsi, mon garçon, nous aurons encore beaucoup de temps à passer ensemble.

Rami le regardait plein d'espoir.

– On m'a chargé de former une équipe de jeunes élèves archéologues. Tu seras le premier, Rami.

3

Plusieurs jours passèrent avant que Rami ne revoie le directeur. Pendant ce temps, il fit la connaissance des dortoirs et des classes de l'Institut khédivial, et eut l'occasion de se rendre compte qu'aux yeux de certaines personnes les jeunes garçons ne sont pas tous égaux.

Si on considérait désormais Hammouda avec un certain respect, grâce à ses prouesses de lutteur, Rami était traité avec suffisance et dédain par ses camarades, et ses origines campagnardes faisaient de lui le souffre-douleur des surveillants et de quelques professeurs, qui n'arrivaient pas à admettre que Son Altesse le khédive se fût intéressé à un personnage tellement insignifiant. Cette attitude se manifestait par des remontrances excessives et parfois hors de propos, des regards carrément moqueurs et des remarques blessantes. Un jour, le préfet Moyïn, qui était d'un naturel jaloux et qui était devenu particulièrement fielleux après la visite du directeur, s'en prit à lui à l'heure du déjeuner, au réfectoire.

– Rami *effendi*, votre serviette plonge dans votre plat, commença-t-il d'une voix traînante.

En entendant ce mot d'« effendi », titre réservé aux personnes instruites et diplômées, les élèves ricanèrent en se touchant du coude et en se chuchotant des commentaires à l'oreille.

Rami redressa immédiatement sa pose, mais le préfet n'allait pas le lâcher si vite :

– Rami effendi, vous bavez. Vous n'êtes même pas capable de manger convenablement votre *moloheia*.

L'accusation était particulièrement injuste parce qu'il n'existe pas au monde de potage plus baveux que cette soupe d'herbes finement coupées, et il est impossible de l'avaler sans laisser traîner de longs filaments verdâtres au bout de sa cuillère.

– Un paysan comme vous, continua Moyïn effendi, devrait apprendre à bien se tenir en compagnie des distingués élèves de notre noble institut. Vous vous croyez toujours dans votre étable, sans doute ?

Le réfectoire croulait sous les rires et Rami baissa la tête en rougissant. Hammouda sentit son sang bouillonner dans ses veines : comment cet imbécile de Moyïn osait-il tourmenter ainsi son ami ?

Il se leva brusquement, la figure en feu, et ce faisant il renversa sa chaise avec fracas. Rami essaya en vain de le retenir par la manche : Hammouda s'était déjà élancé vers le préfet en marmonnant des mots sans suite où on pouvait distinguer de vagues « Ça suffit » et « Je vais l'étriper ».

Mais avant qu'il ait pu mettre à exécution ses intentions belliqueuses, le surveillant Dardiri entra dans le réfectoire et le saisit au vol.

– Calme-toi, si tu ne veux pas être renvoyé, grogna-t-il.

Il s'approcha ensuite du préfet et se pencha à son oreille :

– Il y a du grabuge, lui dit-il à voix basse. Hammouda et Rami sont appelés d'urgence chez M. le proviseur.

– Vous êtes répugnant, hurlait entre-temps Hammouda, toujours tenu solidement par le surveillant. Vous harcelez mon copain, je le dirai au khédive !

– Chut, tais-toi, ordonna Dardiri. Tu me perces le tympan, avec tes bêtises !

Il le poussa hors du réfectoire tandis que Moyïn effendi appelait Rami avec un sourire féroce :

– Toi, le paysan ! Chez M. le proviseur, et plus vite que ça ! Espérons que quelqu'un nous débarrasse définitivement de vous.

Dans le bureau de Katkout effendi, un ventilateur tournait lentement au plafond.

– Henri Armellini s'est évadé et les deux garçons sont en danger, disait le directeur. Il faut prendre des mesures sérieuses.

Ringo, assis à ses pieds, suivait attentivement du regard les gestes du proviseur, qui était en train de nettoyer les verres de ses lunettes.

– Monsieur Dupré, répondit Katkout effendi, je crois que vous donnez trop d'importance à ce monsieur… comment s'appelle-t-il ?… Armellini. Ce n'est qu'un prisonnier en cavale.

– Armellini est un criminel dangereux, insista le directeur. Le fait qu'il ait réussi à s'évader de Toura, la prison la mieux gardée d'Égypte, est une preuve de son habileté.

Le proviseur haussa les sourcils :

– Toura ? Le bagne ?

– Exactement, monsieur : le bagne. Armellini était entravé par une double série de chaînes et portait sur lui, au moment de son évasion, l'uniforme rayé des forçats. Malgré cela, il a pu se débarrasser de ses chaînes et trouver des habits qui lui ont permis de rejoindre la grande route et de disparaître dans la foule.

– Et vous dites qu'avant de s'évader il aurait proféré des menaces contre vous ?

– Contre moi et contre les deux garçons. Il nous considère comme les seuls responsables de son arrestation.

– Quel toupet ! émit vaguement le proviseur, qui était clairement dépassé par la situation. Qu'est-ce que vous suggérez ?

– Il faudrait que vous inscriviez Hammouda et Rami sous de faux noms.

– Ce sera fait, monsieur le surintendant général.

– Malheureusement Armellini les a vus avec moi, et je crains qu'il les reconnaisse.

– Soyez certain, monsieur, qu'aucun criminel n'entrera jamais dans mon institut, affirma le proviseur avec assurance. Il est trop bien gardé.

– Je suis heureux de l'apprendre. De toute manière, je vous demande la permission de m'occuper personnellement de Rami, qui suivra mes cours de hiéroglyphes et d'égyptologie.

Katkout effendi ouvrit de grands yeux :

– M... monsieur le surintendant, ces cours ne sont-ils pas trop difficiles pour un jeune garçon qui vient à peine d'apprendre à lire ?

– Rami est un garçon doué d'une intelligence remarquable et je suis sûr qu'il pourra suivre mes cours.

A ces mots Ringo tourna son regard vers le directeur et agita rapidement la queue. Puis il se leva et alla renifler le bas de la porte.

– Les voilà, dit le directeur.

En effet la porte s'ouvrit et Rami et Hammouda parurent sur le seuil.

– Venez, dit le proviseur. Venez saluer M. Dupré.

Ce nom ne disait rien aux deux garçons et, dans l'obscurité de la pièce, ils ne pouvaient distinguer le directeur, qui était caché par le dossier de son fauteuil. Mais Rami sentit contre sa main la truffe humide de Ringo, et un sourire illumina son visage.

– Monsieur le directeur ! Vous êtes venu !

Le directeur se leva et serra la main aux deux garçons.

– Oui, je suis venu te chercher, comme promis, dit-il à Rami. Quant à toi, Hammouda, tu resteras à l'Institut pour suivre tes classes et t'entraîner à la lutte. A propos, continua-t-il d'un ton léger, à partir d'aujourd'hui tu vas user de ton vrai nom, Ahmed.

Hammouda ouvrit des yeux ronds :

– Mon vrai nom ?

– Mais oui, répondit le proviseur. Hammouda n'est qu'un surnom, le diminutif d'Ahmed.

– Tu dois me promettre, dit gravement le directeur en posant ses mains sur les épaules du garçon, que tu oublieras ton nom de Hammouda et que tu ne diras jamais à personne que, jusqu'à ce jour, tout le monde t'appelait comme ça.

Hammouda regarda le directeur et ce qu'il décela dans ses yeux lui fit comprendre qu'il ne plaisantait pas. Il hocha la tête et dit simplement :

– J'ai compris.

– Eh bien, poursuivit le proviseur, retourne dans ta classe, Ahmed, et toi, Rami, va chercher ta valise. Tu quitteras l'Institut quelques temps, afin de suivre les cours de M. le surintendant général.

Dans le fiacre qui les conduisait vers le Nil, Rami n'avait d'yeux que pour les palais qui défilaient à droite et à gauche, les immeubles de cinq et six étages, les places ornées de fontaines et de statues, les magnifiques magasins aux vitrines scintillantes. A cette époque, le centre du Caire ressemblait un peu à certaines rues de Paris, que le khédive Ismail, grand-père du khédive régnant Abbas II, avait voulu faire imiter par ses architectes afin de donner un aspect moderne et luxueux à sa capitale. Mais quels ne furent pas l'étonnement et l'admiration du jeune garçon quand le fiacre arriva sur une vaste place au fond de laquelle surgit une magnifique bâtisse rouge entourée d'un jardin.

– Voici le musée que tu as vu l'année passée, quand il était encore en construction, expliqua le directeur. C'est ici que nous travaillerons. Le musée est encore fermé : il ne sera inauguré que dans quelques semaines, par Son Altesse le khédive en personne.

Une atmosphère solennelle imprégnait l'édifice, qui semblait avoir été bâti par des géants et pour des géants. Sa porte d'entrée monumentale était ouverte et Rami en franchit le seuil avec une sorte de crainte respectueuse. Quatre statues colossales semblaient l'attendre dans le vestibule circulaire, éclairées par la lumière diffuse qui tombait des lucarnes de la coupole. Se tordant le cou pour les regarder, Rami passa avec révérence devant leurs figures impassibles, aux yeux fixés sur d'infinis lointains.

A la suite du directeur, il traversa des galeries, des couloirs, des salles, côtoya des sarcophages et des statues, des jarres énormes, des stèles, des vitrines remplies d'objets étranges. Leurs pas résonnaient dans le silence du musée désert.

Au bout d'un long couloir, le directeur gravit de nombreuses marches et s'arrêta devant une porte, qu'il ouvrit avec sa clé :

– Viens. Voici mon laboratoire.

Rami pénétra à sa suite dans une vaste pièce éclairée par de grandes fenêtres qui s'ouvraient à deux mètres du sol. Une immense table en occupait le centre, chargée d'objets hétéroclites, semblables à ceux que Rami avait entrevus en passant devant les vitrines des différentes salles : des coupes en granit, des vases en albâtre, des paquets enveloppés de toile brune et ficelés avec soin (il apprit plus tard que c'étaient des momies d'ibis, l'oiseau-dieu), des statuettes, ou encore ce qu'il prit tout d'abord pour de simples cailloux.

Dans sa confusion et son étonnement qui ne cessaient

de croître, Rami ne reconnut qu'un seul objet, pour avoir risqué sa vie afin de le sauver et l'avoir tenu enfin entre ses mains : le coffret doré qui contenait les papyrus d'Hor Hotep.

4

Le coffret trônait sur une large étagère et semblait illuminer la pièce de tout l'éclat de l'or dont il était recouvert. Le directeur suivit le regard de Rami et sourit.

– Oui, Rami, c'est bien le coffret que Hammouda et toi avez retrouvé. Maintenant, il s'agit de déchiffrer les papyrus qu'il contient et d'apprendre ce qu'ils nous disent, après cinq mille ans de silence.

– Vous ne l'avez pas encore ouvert, monsieur ?

– Non, mon garçon. L'égyptologie est une science qui demande une infinie patience et l'ouverture du coffret n'aura lieu que le jour où toutes les conditions seront réunies pour la sauvegarde des papyrus qu'il contient.

– Quelles conditions ?

– La température de la pièce, l'humidité de l'air, les instruments qui nous permettront de déployer les rouleaux et de les conserver sous verre. Rami, ces papyrus ont une valeur inestimable, ils sont les plus anciens qu'on ait jamais retrouvés. Ils remontent probablement à la troisième dynastie, celle du roi Zoser, le constructeur de la pyramide de Sakkara. Jusque-là, les papyrus les plus anciens qu'on ait retrouvés remontaient seulement à la quatrième dynastie, celle des constructeurs des pyramides de Gizeh !

Dans une ruelle du bazar du Khan Khalil, l'énorme Walid Farghali ouvrit sa boutique de souvenirs et s'apprêta à recevoir ses clients. Les affaires étaient florissantes : l'inauguration prochaine du nouveau musée des antiquités égyptiennes attirait déjà de nombreux touristes désireux d'assister aux cérémonies organisées à cette occasion. Walid, se déplaçant avec peine à cause des cent cinquante kilos de graisse qui pesaient sur ses jambes, se mit à ranger des colliers de turquoises et des scarabées en lapis-lazuli dans les petites vitrines qui encadraient la porte de son fond de commerce. Depuis qu'on avait fait circuler la rumeur qu'ils portaient bonheur, ces colifichets se vendaient comme des petits pains, et Walid souriait de satisfaction sous sa moustache. Mais un bruit inattendu attira son attention : dans la boutique encore déserte et obscure, une apparition se dressait lentement derrière le comptoir, une forme humaine vêtue d'un burnous blanc, qui lui faisait de la main des signes impérieux pour l'inviter à entrer.

Walid sentit son cœur se glacer. Le fantôme de son collègue et rival, Habib effendi, décédé depuis une semaine, serait-il venu de l'au-delà pour lui reprocher la concurrence déloyale qu'il lui avait faite pendant des années ?

– Habib... Habib... je t'en prie... ne me fais pas de mal, supplia le gros homme en suant à grosses gouttes.

– Entre, imbécile, et ferme la porte derrière toi, dit une voix que Walid reconnut immédiatement.

Sa peur se transforma en terreur panique : même le fantôme du défunt Habib aurait été préférable au son de cette voix.

– Oui… je viens, bégaya Walid.

Il referma la porte de la boutique derrière lui, alluma une lampe à pétrole et regarda d'un air éberlué la face du cheikh inconnu qui parlait avec la voix de Monsieur H.

– Qui… qui êtes vous ? souffla-t-il.

– C'est moi, crétin. Tu ne me reconnais pas ?

– Non, *mawlana**. C'est à dire… oui… non… votre voix me rappelle quelqu'un, mais…

– Tes souvenirs sont exacts, dit Monsieur H. C'est bien moi, avec un costume de cheikh et une barbe en plus. Je suis content que tu ne m'aies pas reconnu. Cela signifie que mon déguisement est efficace.

Monsieur H. ôta sa fausse barbe et ses lunettes noires, et sa figure parut. C'était la première fois que Walid voyait les yeux de cet homme et leur expression ne fit que le plonger encore plus profondément dans la terreur et le désespoir. Comment allait-il se débarrasser de lui ?

– Je croyais… je vous croyais à…Toura, dit-il d'une voix faible.

Monsieur H. éclata d'un rire féroce.

– Moi ? à Toura ? Il n'y a pas de prison au monde qui puisse garder Monsieur H. !

– Je vous aiderai à quitter l'Égypte, poursuivit Walid plein d'espoir. Je connais le capitaine d'un navire qui…

– Je n'ai pas besoin de ton aide pour m'en aller.

A l'heure actuelle, j'aurais pu avoir quitté vingt fois ce pays, et vivre libre et riche dans une ville d'Amérique du Sud, où on m'attend avec impatience. Mais avant cela, j'ai des comptes à régler.

Monsieur H. remit sa fausse barbe et ses lunettes, puis tira le capuchon du burnous sur sa tête.

– Ouvre un peu la porte de ta boutique, on étouffe, ici.

Walid s'exécuta.

– J'ai besoin de toi... pour autre chose, continua Henri Armellini. Tout d'abord, tu m'offriras l'hospitalité dans le sous-sol de ta boutique jusqu'à ce que cette fausse barbe soit devenue vraie.

– D'accord, gémit Walid.

– Si jamais quelqu'un devait m'apercevoir, tu diras qu'un saint cheikh est venu du Maroc te rendre visite.

– Oui, monsieur.

– Pendant ce temps, tu feras pour moi quelques petites courses.

– Quelles... quelles courses ?

– Oh, dit Monsieur H. avec une grimace, rien de spécial. Il faudra que tu retrouves pour moi certaines personnes.

Monsieur H. se leva et se dirigea vers le comptoir, qu'il fit pivoter en révélant une trappe. Il se glissa avec aisance dans l'ouverture :

– N'oublie pas de m'apporter à manger : kebab, bière et salade verte, ajouta-t-il, et il disparut.

Quelques secondes après, le comptoir tourna silencieusement sur ses gonds et reprit sa place.

Walid Farghali essuya la transpiration qui couvrait

son visage. Depuis longtemps, le sous-sol de sa minuscule boutique lui servait d'abri pour toutes sortes d'activités illégales : entre autres, l'entreposage de pièces archéologiques volées, toujours offertes en priorité à Monsieur H. Voilà pourquoi celui-ci était parfaitement au courant de l'existence de ce souterrain et de ses deux accès : l'un, côté boutique, l'autre bien caché sous une trappe à l'intérieur du minaret de la mosquée du Sultan Barquq. Une cachette idéale pour un malfaiteur comme lui, d'autant plus que personne au Caire ne se doutait de l'existence, à cet endroit, d'une série de salles et de tunnels bâtis au XVe siècle, à l'époque des Mamelouks. Walid lui-même les avait découverts par le plus grand des hasards, il y avait longtemps. Pestant et soufflant, le gros homme ferma sa boutique et alla chez le meilleur *kebabghi** du quartier acheter du mouton grillé pour son hôte encombrant.

A la lumière d'une lampe à pétrole, Monsieur H. promena son regard autour de lui avec une grimace de mépris : l'immense souterrain était bourré d'objets poussiéreux, de statuettes, de poteries sans grande valeur, de sacs de jute contenant Dieu sait quelles substances prohibées. Des broutilles : toute sa vie, ce balourd de Walid avait risqué sa liberté pour des opérations sans envergure et des gains minimes, tandis que lui, Henri Armellini, avait réussi à tromper pendant des années aussi bien la police égyptienne que la surveillance de l'occupant britannique, et à bâtir une fortune colossale, prudemment déposée dans une banque brésilienne. Maintenant le moment était venu pour lui de quitter l'Égypte et de s'installer au Brésil, dans une luxueuse hacienda où il serait entouré d'une armée de serviteurs et où il pourrait se livrer enfin à sa passion secrète : l'ésotérisme, l'étude des textes sacrés, qui donne d'immenses pouvoirs.

Mais avant cela, il fallait qu'il règle leur compte à ces misérables qui avaient mis un terme brutal à sa brillante carrière. En premier lieu cet Alain Dupré, l'archéologue qu'on appelait le directeur, qui avait réussi à le démasquer, et puis les deux petits paysans qui avaient osé s'en prendre à lui. Quand il pensait à ces deux-là, Monsieur H. était pris d'une fureur terrible, son flegme proverbial volait en éclat et il voyait rouge, littéralement. Ces horribles morveux l'avaient floué, l'avaient humilié, l'avaient battu ! De plus, ils l'avaient dépossédé des papyrus d'Hor Hotep sur lesquels, pendant le peu de temps où ils avaient été en sa possession, il avait pu déchiffrer à la dérobée des mots importants. Ces documents contenaient probablement les formules magiques qu'il avait toujours vainement cherchées dans les écritures des tombes, sur les statues, les stèles et les documents qui étaient passés entre ses mains. Et maintenant ils étaient perdus, peut être à jamais, à cause de ces deux imbéciles de paysans ! Monsieur H. leva les poings au plafond et poussa un rugissement de rage, qui retentit sinistrement entre les voûtes du souterrain. Oui, il obtiendrait vengeance, il écraserait ses ennemis et récupèrerait les papyrus, coûte que coûte !

Après quoi, il pourrait quitter tranquillement l'Égypte pour le Brésil.

Mais pour l'instant il devait garder des nerfs d'acier, s'installer le mieux possible dans sa cachette et appeler à la rescousse son lieutenant Ghelda, qui l'avait déjà aidé à s'évader de Toura.

Quand Walid revint avec un panier d'où s'échappait l'appétissant fumet des kebabs, il trouva Monsieur H. confortablement assis sur des sacs qu'il avait disposés comme pour former un divan. Une caisse faisait fonction de table et Monsieur H. l'avait recouverte d'un ancien châle persan (volé) qui valait bien ses cinq cents livres sterling, mais Walid n'osa pas lui en faire la remarque : sur l'étoffe précieuse brillait l'acier bleuté d'un gros revolver.
— Pose ton panier, et écoute-moi bien : cet après-midi tu iras à cette adresse, ordonna Monsieur H. en lui tendant un papier. Tu diras à cette personne que je veux la voir immédiatement.
— D'accord, murmura Walid.
— Ne t'avise pas de revenir sans lui, ajouta Monsieur H. avec un sourire carnassier, ou tu le regretteras.

5

Le khédive Abbas devait inaugurer le nouveau musée du Caire le 15 novembre, et une activité débordante régnait dans la grande bâtisse. Des peintres donnaient une dernière couche aux murs et aux fenêtres, des menuisiers finissaient de monter socles et vitrines. Dans les ailes définitivement terminées, des équipes d'ouvriers, d'archéologues et de fonctionnaires collaboraient activement pour qu'au jour fixé tout objet soit à la place qui lui avait été attribuée, accompagné d'un petit carton explicatif destiné à éclairer les futurs visiteurs.

On avait mis à la disposition du directeur un petit appartement adjacent au laboratoire, composé de deux petites chambres avec des lits de camp, une table et un coin cuisine. Une minuscule salle de bains avait été aménagée entre les deux chambres. C'était spartiate, mais Alain Dupré n'était pas exigeant et ses nombreuses saisons de fouilles l'avaient habitué à supporter des conditions de vie bien plus rudimentaires. C'est là que Rami s'était installé, avec ses livres et ses cahiers. Il étudiait le matin, puis sortait vagabonder dans le musée, prenant plaisir à l'animation qui y régnait. Parfois il aidait le directeur à ranger des papyrus et d'autres menus objets dans les vitrines déjà installées dans les galeries et les salles. Un jour, pendant qu'ils déposaient à sa place une momie de chat, Rami vit venir vers eux un homme plutôt corpulent, barbe et moustaches poivre et sel surmontées d'un nez important et de petites lunettes ovales. Sa tête, aussi lisse qu'une boule de billard, brillait doucement à la lumière des lucarnes du plafond.

– Je suis heureux de vous voir de retour, monsieur, dit le directeur en l'apercevant. Rami, approche-toi et salue M. Gaston Maspero*!

– Bonjour monsieur, fit Rami intimidé.

– Ah! Voilà notre petit héros, s'écria le célèbre archéologue avec un grand sourire. Mon garçon, tu as fait beaucoup pour l'égyptologie et nous t'en sommes tous reconnaissants. Alain, prenez bien soin de votre élève et faites-en un grand savant.

– C'est bien mon intention.

– Passez dans mon bureau, quand vous aurez fini, ajouta Maspero. J'ai des nouvelles pour vous, de Paris.

– Bonnes ou mauvaises?

– Pas très bonnes, je crains, répondit Maspero avec un sourire qui voulait probablement alléger le poids de ses paroles.

Plus tard le directeur raconta à Rami comment Gaston Maspero et ses collaborateurs avaient été à l'origine de la plus grande découverte archéologique du siècle précédent.

En 1881, une patiente enquête policière et le repentir

d'un pilleur de tombeaux professionnel, Abdel Rassoul du village de Gourna, avaient permis de découvrir, près du temple de Deir-el-Bahari, une grotte remplie des momies des plus grands rois et reines de l'Égypte ancienne, dont Ramsès II et Hachepsout, ainsi que de centaines d'objets précieux et rarissimes.

– Tous ces objets, toutes ces momies sont à présent ici, dans ce musée, expliqua le directeur, et nous les étudierons ensemble dans les années à venir.

– Monsieur, demanda Rami pendant qu'ils transportaient une vitrine contenant une énorme perruque. Est-ce que je peux vous poser une question ?

– Bien sûr.

– Si tout ce que qu'on trouve dans les fouilles est exposé dans ce musée, pourquoi le trésor d'Hor Hotep n'y est-il pas ?

Une ombre légère passa sur le visage du directeur.

– Il est ... il est encore dans la grotte du Mokattam, là où tu l'as retrouvé, répondit-il rapidement.

Pour la première fois depuis qu'il le connaissait, Rami eut l'intuition qu'il ne lui disait pas la vérité.

– Pourquoi ? Vous n'allez pas l'exposer ?

Le directeur fit une rapide grimace et éclata de rire :

– Mais si, naturellement, Rami. Mais cela ne se fera pas en un jour. C'est une opération qui prend énormément de temps, il faut cataloguer et étudier chaque pièce, il faut... Et le transport de tous ces objets pose des problèmes sans fin.

Ils déposèrent délicatement sur son socle la vitrine à la perruque. Le directeur se redressa et sourit :

– Occupons-nous tout d'abord du message d'Hor Hotep, et laissons son trésor pour plus tard.

– Le message ?

– Oui, le message qu'il nous a laissé dans ses papyrus. Il est temps de les déplier et les déchiffrer. Nous commencerons dès ce soir.

Au crépuscule, le nommé Ghelda arriva au bazar du Khan Khalil en compagnie de Walid. Dans sa boutique, ce dernier fit pivoter le banc qui révéla une trappe secrète d'où partait une échelle assez raide. En soufflant et en se tortillant, le gros marchand s'y glissa et commença à descendre. Ghelda attendit qu'il eut disparu, puis pénétra à son tour dans le souterrain où se cachait Monsieur H.

– Viens, viens, mon ami, dit celui-ci, qui était en train de fumer le narguilé étendu sur son divan de fortune.

Ghelda – un homme long comme un jour sans pain, à la figure chafouine – plissa les lèvres en une moue désabusée :

– Je suis venu parce que je suis un homme d'honneur, marmonna-t-il, mais un autre à ma place aurait fait la sourde oreille.

– Tiens, dit Monsieur H. avec un regard bizarre. Et pourquoi donc ?

– Je vous ai aidé à vous évader de Toura, je vous ai procuré des habits, de l'argent et même un revolver, et vous n'êtes pas venu au rendez-vous que nous avions fixé, dans les ruines de la mosquée El Ghiuchi.

– Personne ne me fixe de rendez-vous, répondit Monsieur H. d'une voix doucereuse. C'est moi qui dis à mes hommes comment, quand et où ils pourront me rencontrer. Ne l'oublie jamais.

– Mais, monsieur…

– Silence, imbécile, murmura Monsieur H. Ta mosquée Ghiuchi est exposée à tous les regards, perchée comme elle est sur le sommet du Mokattam. N'importe qui, avec une longue-vue, pourrait remarquer des va-et-vient insolites dans cette ruine où personne ne met jamais les pieds. Je préfère choisir moi-même mes cachettes et ne pas confier mon sort à des crétins.

Ghelda baissa la tête et Walid toussota.

– Écoutez-moi bien, tous les deux, continua Monsieur H. Dans le village de Mit Rehina vivent les deux individus qui ont été la cause de mon emprisonnement. J'ignore leurs noms, cependant ils sont connus comme le loup blanc et il ne sera pas difficile de les retrouver.

– Ce sera fait, monsieur, dit Ghelda avec entrain.

– Je veux que vous les éliminiez tous les deux, ni vu, ni connu, en faisant croire à tout le monde – y compris la police – qu'il s'agissait d'un malheureux accident. C'est bien compris ?

– Oui, monsieur, murmura Ghelda, tandis que Walid reniflait.

Ils demeuraient tous les deux immobiles devant Monsieur H., la mine perplexe.

– Et alors ? Qu'est ce que vous attendez ? rugit celui-ci. Que je vous botte le derrière pour vous faire démarrer ?

– Monsieur, commença Ghelda, pour vous faire évader j'ai engagé des frais considérables… il ne me reste plus une piastre en poche.

– Ah, Ghelda, tu mérites bien ton nom, s'esclaffa Monsieur H. Ça veut dire radin, non ? J'étais certain que ton avarice allait refaire surface un jour ou l'autre !

– Monsieur, une opération comme celle-ci demande une certaine préparation, cela fait des frais…

– Ça va, ça va, dit Monsieur H. en lui lançant une bourse. Et maintenant, disparaissez.

Ghelda fit un pas en arrière, mais Walid ne broncha pas. Sa figure était devenue toute rouge.

– Eh ! Qu'est ce qui te prend ? Tu n'as pas entendu mes ordres ? cria Monsieur H.

– Je… je ne suis pas à la hauteur de cette tâche, bégaya le gros homme. Je ne saurai pas comment m'y prendre.

– Tu n'as qu'à suivre les instructions de Ghelda, boule de lard. Lui, c'est un expert.

– Mais, monsieur… je ne suis pas un assassin, moi, pleurnicha Walid en tremblant convulsivement.

Monsieur H. le considéra avec attention.

– Tu as raison. Je te vois plutôt dans la catégorie des victimes. Ghelda, occupe-toi de lui, tu travailleras seul.

Walid Farghali fit un bond de côté et se mit à crier :

– Non, non ! Je ferai ce que vous voulez. Allons, Ghelda, qu'attendons-nous ? Mit Rehina est loin, il faut nous dépêcher !

Il se précipita vers l'échelle qui conduisait à la trappe et sortit comme une flèche, accompagné par les rires de Ghelda.

– Fais attention à ce type, murmura Monsieur H. A la moindre incartade, tu t'en débarrasses, c'est entendu ?

– Entendu, patron, murmura Ghelda, en se hissant à son tour sur l'échelle. A bientôt.

Le directeur frappa à la porte et entra dans le bureau de Gaston Maspero, qui était situé au rez-de-chaussée du musée, dans l'aile est. Le grand archéologue était penché sur des cartes qu'il examinait avec attention.

– Venez, venez, mon cher Dupré, dit-il. Regardez : d'après les éléments que vous m'avez donnés, j'ai reconstitué le trajet que vous avez parcouru dans votre... vision. C'est probablement le parcours des cortèges funèbres qui, de Memphis, montaient vers la nécropole.

Avec la pointe d'un coupe-papier, Maspero suivait sur la carte une ligne qui traversait la plaine verte du Nil et se dirigeait vers les collines jaunes du désert.

– Le fait que pendant la cérémonie vous ne voyiez pas la pyramide de Zoser, continua Maspero, me porte à croire une chose... absurde. Votre vision se rapporterait à des faits antérieurs à la troisième dynastie !

– C'est incroyable, murmura le directeur.

– Oui. Je dois avouer que c'est une constatation troublante, admit Maspero. C'est une époque dont on ne sait presque rien.

Les deux hommes se regardèrent en silence.

– Cette histoire risque de me couvrir de ridicule dans tout le monde scientifique, reprit le directeur. Avez-vous les résultats des analyses ?

– Ah ! Oui, les analyses. J'allais presque oublier.

Maspero alla vers un secrétaire et en sortit une enveloppe, qu'il tendit au directeur :

– Voici votre réponse. Mon cher ami, vos soupçons ont été pleinement confirmés par le laboratoire parisien : d'après les échantillons que vous leur avez confiés, les parois du sarcophage d'Hor Hotep sont imprégnées d'une substance inconnue, assez volatile, qui pourrait avoir – comme vous le soupçonniez – des effets hallucinogènes.

– Pas de spores, ni de microbes ?

– Non. Rien de tout cela. Simplement une sorte de narcotique d'origine végétale qui, probablement, a été la cause du trouble que vous avez éprouvé en examinant le cercueil. A votre place, j'oublierais tout cela, et je n'en dirais mot à personne : il me semble déjà entendre les rires de nos collègues !

Le directeur sortit du bureau de Gaston Maspero pensif et troublé. En parcourant les galeries désertes, faiblement éclairées par des lampes électriques jaunâtres, il pensait avec angoisse au malaise qui l'avait frappé quand, quelques semaines après avoir retrouvé le trésor volé d'Hor Hotep, il était revenu dans la tombe pour essayer d'en apprendre plus sur le mystérieux personnage à qui elle appartenait. Pendant qu'il déchiffrait noms et formules sur les parois extérieures du sarcophage, il avait eu un étourdissement et il avait fermé les yeux. En les rouvrant, il s'était retrouvé en plein désert, entouré d'hommes et de femmes habillés de pagnes et de tuniques qui s'adressaient à lui dans une langue qu'il n'avait jamais entendu parler mais qu'il comprenait parfaitement. Ces personnages faisaient partie d'un long cortège qui se dirigeait en chantant de la plaine vers la colline. C'était le crépuscule, le vent soufflait de l'ouest, et le directeur avait reconnu le profil familier des collines de Sakkara : mais la pyramide du roi Zoser avait disparu. Sa silhouette célèbre, sorte d'escalier gigantesque élevé vers le ciel, ne se dressait pas à sa place ! Comble d'étrangeté : le directeur suivait le cortège, chantait avec la foule, levait avec elle les bras au ciel, et l'absence de la pyramide ne suscitait en lui aucun étonnement. Puis, peu à peu, la scène s'était assombrie, le cortège s'était estompé en une sorte de brouillard, les voix étaient devenues de plus en plus faibles et lointaines. Il s'était retrouvé dans la tombe, étendu sur le sable frais qui recouvrait le sol, et son nouveau chef de chantier, le rayes Atris, le secouait en criant :

– Réveillez-vous, monsieur, réveillez-vous !

– Mais je ne dors pas !

Tels avaient été les premiers mots qu'il avait prononcés.

Maintenant il savait qu'il avait été la proie d'une hallucination qui lui avait laissé des souvenirs extraordinaires. Il se rappelait les mots entendus, les chants que la foule entonnait, il revoyait les habits multicolores et les bijoux que les gens portaient. Il se souvenait de l'expression grave de leurs visages, de la solennité des gestes qu'ils accomplissaient. Mais il ne comprenait pas le sens de ce qui se passait autour de lui, et malgré toutes ses connaissances sur l'Égypte ancienne, il était incapable de donner un nom à cette cérémonie.

Quelques jours plus tard il était revenu dans la tombe d'Hor Hotep et avait prélevé de minuscules échantillons du sarcophage. Il s'était embarqué pour la France, et à Paris, il avait confié les échantillons au plus célèbre laboratoire d'analyses de la capitale. C'est le résultat de ces analyses que Maspero venait de lui communiquer : mais la réponse du laboratoire n'éclaircissait pas le mystère de ce qu'il avait « vu ».

Rami et Ringo attendaient dans le laboratoire. De puissantes lampes de table illuminaient le coffret aux papyrus, entouré de carrés de verre, de papier buvard, de pinces et d'autres insruments dont Rami ignorait l'usage. Une légère vapeur se dégageait d'une casserole d'eau bouillante posée sur un réchaud.

Alain Dupré entra, se débarrassa de sa veste et s'assit devant le coffret.

– Nous y voilà, dit-il, comme s'il se parlait à lui-même.

Ses mouvements étaient lents et sa voix légèrement voilée. Rami ne l'avait jamais vu aussi profondément absorbé dans une tâche. Instinctivement il s'assit en retrait, dans l'ombre, et retint son souffle. Le directeur ouvrit lentement le coffret, prit deux pinces et souleva tout doucement, par les bords, le premier rouleau de papyrus. C'était un cylindre grisâtre, qui paraissait très léger et fragile. Le directeur le plaça avec précaution sur une sorte de grille métallique qu'il passa trois ou quatre fois au-dessus de la vapeur d'eau. Puis il enferma le rouleau dans une petite vitrine, à côté d'un bol rempli d'eau.

Il répéta cette opération avec les six autres rouleaux du coffret. A la fin, la table était recouverte de sept petites vitrines, contenant chacune un rouleau de papyrus et un bol plein d'eau. Le directeur se leva, regarda Rami comme s'il avait oublié sa présence, et dit quelques mots incompréhensibles. Ringo poussa un glapissement plaintif et alla se lover dans un coin, la queue entre ses pattes. De son côté, Rami paraissait dormir, la tête posée sur la table : mais en fait il courait libre et léger à travers les portiques d'un palais splendide, qui s'ouvraient sur un jardin doré par le soleil levant.

6

Dans le palais féerique, une voix de femme résonnait :
– Ramès ! Ramès !

Le jeune garçon se retourna et vit sa mère qui lui tendait les bras :

– Tu es revenu, mon enfant, mon chéri. Je t'attendais depuis si longtemps !

Qu'elle était belle, sa mère ! Des millénaires les avaient séparés, mais il la reconnut tout de suite. Elle portait la même robe de lin blanc, tachée de sang, qu'il lui avait vue la dernière fois qu'elle l'avait serré entre ses bras, la nuit des Serviteurs de Seth. Son cou était entouré des ailes du faucon doré, et ses mains étaient couvertes de bagues d'or et de turquoise.

– Mata ! murmura le jeune garçon en se serrant contre elle. Le parfum de sa mère faisait naître en lui des émotions étranges. Il éprouvait une douceur immense, un bonheur qu'il n'avait jamais connu auparavant.

D'autres personnages apparaissaient maintenant sous les portiques du palais, des hommes et des femmes vêtus de blanc et d'ocre, aux volumineuses perruques brunes.

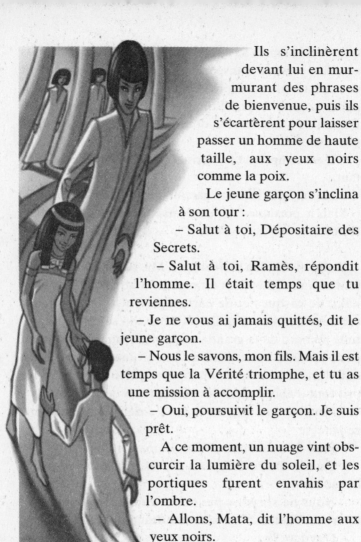

Ils s'inclinèrent devant lui en murmurant des phrases de bienvenue, puis ils s'écartèrent pour laisser passer un homme de haute taille, aux yeux noirs comme la poix.

Le jeune garçon s'inclina à son tour :

– Salut à toi, Dépositaire des Secrets.

– Salut à toi, Ramès, répondit l'homme. Il était temps que tu reviennes.

– Je ne vous ai jamais quittés, dit le jeune garçon.

– Nous le savons, mon fils. Mais il est temps que la Vérité triomphe, et tu as une mission à accomplir.

– Oui, poursuivit le garçon. Je suis prêt.

A ce moment, un nuage vint obscurcir la lumière du soleil, et les portiques furent envahis par l'ombre.

– Allons, Mata, dit l'homme aux yeux noirs.

Sa mère se détacha de lui et commença à reculer sans le

quitter du regard. Sa silhouette devenait de plus en plus confuse, presque transparente, tandis qu'elle s'éloignait de lui. La foule qui remplissait le portique avait déjà disparu, engloutie par l'ombre. Seul restait visible le Dépositaire des Secrets, dont la tunique semblait phosphorescente.

– Il est temps que la Vérité triomphe, répéta-t-il. Il le faut.

– Maître, cria le jeune garçon, que dois-je faire ?

Mais le portique était désormais désert et plongé dans le noir.

Walid et Ghelda arrivèrent à Mit Rehina à l'aube du jour suivant. Ils étaient étrangement attifés de costumes kaki, de casques et de cartables. Oncle Darwiche, le vendeur ambulant, qui s'était installé selon son habitude au bord de la grande route, vit avancer vers lui un petit homme aussi rond qu'une grenade mûre et un autre grand et maigre, à la figure couleur de cire : il les prit tout d'abord pour des percepteurs des impôts.

– Vous tombez mal, dit-il. Il n'y a rien à ramasser dans ce patelin.

– Plaît-il ? grommela Walid. Ramasser quoi ?

– Du fric. De l'oseille. Des thunes. Du blé. C'est à dire des sous.

– Nous ne sommes pas venus ramasser de l'argent, intervint Ghelda. Nous sommes des journalistes.

– Des quoi ?

– Des journalistes. Ceux qui écrivent dans les journaux. Tu sais, mon brave homme, ce que c'est qu'un journal ?

Dans votre village vivent deux personnages célèbres dont nos lecteurs veulent connaître vie et prouesses. Nous sommes venus pour les interviewer.

– Les quoi ? demanda oncle Darwiche.

– Leur parler, les interroger, expliqua Walid. Nous voulons qu'ils nous racontent leur vie et leurs aventures.

– Ah, s'écria oncle Darwiche, il était temps ! Ces garçons auront finalement la célébrité qu'ils méritent !

– Mon bonhomme, nous ne demandons que cela : étendre la renommée de ces deux héros, continua Ghelda avec un sourire qui mit en évidence ses dents gâtées.

– Les personnes que vous cherchez ne sont plus ici, dit une petite voix.

Darwiche et les deux hommes se retournèrent et virent un petit bout de fillette assise au bord de la rigole qui longeait la route, une cruche la main.

– Hé, Nefissa, comment vas-tu ? cria oncle Darwiche avec un grand sourire.

– Moi, je vais bien. Dommage que ces messieurs soient arrivés trop tard.

– Pourquoi trop tard, fillette ? demanda Walid d'une voix mielleuse.

– Parce que nos héros sont partis, répondit Nefissa avec aplomb. Ils ne sont plus au village.

– Et où sont-ils alors ?

– Ils sont... commença oncle Darwiche.

– Ils sont à Alexandrie, cria Nefissa pour couvrir sa voix. Ils vont s'embarquer pour l'étranger.

Oncle Darwiche ouvrit la bouche toute grande et fixa

la fillette. La réputation d'intelligence de Nefissa avait fait le tour du village et si elle avait cru bon de proférer ce gros mensonge, elle devait avoir ses raisons.

– Eh oui, baragouina Darwiche, désemparé. A l'heure qu'il est, ils doivent être déjà en haute mer.

– Zut, dit Ghelda, dont la figure s'allongea. Et… vous ne savez pas quand ils reviendront ?

Nefissa haussa les épaules :

– Dieu seul le sait.

– Eh bien, tant pis, dit le gros, la mine plutôt déconfite.

– Tu pourrais du moins nous parler d'eux. Nous dire leurs noms, demanda le maigre.

– Je vais vous raconter tout ce que vous voulez savoir, déclara Nefissa avec enthousiasme. Devant oncle Darwiche éberlué, elle se mit à raconter aux deux « journalistes » que les deux garçons en question s'appelaient Mustapha et Mahmud, qu'ils avaient dix ans, qu'ils avaient rencontré dans le désert un *ghoul*, c'est-à-dire un démon à l'aspect horrible, qui leur avait montré le site d'un tombeau plein de trésors. Puis des hommes en uniforme étaient venus du Caire et avaient emporté le trésor.

Le nommé Ghelda s'était assis sur le talus de la rigole et notait rapidement ce que Nefissa racontait.

– On dit dans le village qu'ils ont caché le trésor près du pont de Kasr-el-Nil, sous l'eau du Nil. Dans la tombe, il ne reste que le *tabou*, le sarcophage, qui est fermé et gardé nuit et jour par la police.

Nefissa reprit son souffle et continua :

– Puis un monsieur vêtu de noir est arrivé au village et a déclaré que Mahmud et Mustapha devaient aller étudier dans les pays étranger, aux frais du khédive. Ils ne reviendront qu'après avoir obtenu un gros diplôme. Un très gros diplôme, avec des couronnes, des timbres et tout et tout. Mustapha et Mahmud sont partis avec le monsieur en noir... et personne ne les a jamais revus.

A ces mots, les yeux de la petite Nefissa se remplirent de vraies larmes, mais les deux balourds ne s'en aperçurent pas. Ils discutaient entre eux, hésitant sur la marche à suivre.

– Ces deux gosses commencent à m'emm..., murmura Ghelda avec rage.

– Qu'allons nous dire à M... le rédacteur en chef ? gémit Walid.

Ghelda se redressa :

– M. le rédacteur en chef sera content de lire l'histoire que nous a racontée cette gentille fillette, dit-il à haute voix. Je suis sûr qu'il la publiera en première page.

– J'ai oublié de vous dire quelque chose, intervint Nefissa, qui avait suivi attentivement leur conversation. Il ne faut pas trop parler de cette affaire. C'est plus prudent.

– Pourquoi ? demandèrent en chœur Ghelda, Walid et oncle Darwiche.

– Parce que, comme toute histoire à laquelle sont mêlés des *ghoul*, elle porte en elle une malédiction. Et la malédiction frappe. Chez nous, au village, oncle Douda s'est cassé la jambe, les chèvres de tonton Farafiro ne donnent plus de lait, le cheikh Abdel Ghelil a perdu sa voix, tante Tanassim est devenue chauve...

– Assez ! assez ! allons nous-en, s'écria Walid.

Et le gros homme se mit en chemin, aussi rapidement que le lui permettait sa corpulence. Après un dernier regard perplexe à la petite Nefissa, Ghelda le suivit. Quand ils eurent disparu à l'horizon, oncle Darwiche se tourna vers la fillette :

– Maintenant, ma belle, tu vas me dire à quoi rime cette comédie. Mustapha ? Mahmud ? La malédiction du *ghoul* ? Tu es devenue folle ou quoi ?

Nefissa s'approcha de lui :

– Le frère de Rami, Rafaat le tisserand, a reçu une note urgente de la police : on lui demandait de ne dire à personne où se trouvent Rami et Hammouda. Le cheikh de la mosquée devait avertir le village pendant le sermon du vendredi, mais ces deux-là sont arrivés avant. Il fallait bien que je brouille les pistes.

– Eh bien, tu peux te vanter d'avoir réussi. Moi-même je ne sais plus où s'arrête la vérité et où commencent tes divagations. De toute manière, qu'Allah nous protège des *ghoul* et de leurs méfaits, conclut Darwiche en traçant dans l'air des signes cabalistiques destinés, selon lui, à le protéger des Seigneurs de la Nuit.

7

Le docteur Ali se releva en recouvrant du drap la poitrine de Rami, endormi sur un lit de l'infirmerie du musée.
— Son état physique est tout à fait satisfaisant, il ne faut pas vous inquiéter, dit-il au directeur en détachant le stéthoscope de ses oreilles.
— J'ai été fou de laisser ce garçon assister à mon travail ! murmura ce dernier.
— Quel travail ?
Le directeur parut embarrassé :
— Je me préparais à dérouler des papyrus... le laboratoire était très humide, il y avait de la vapeur d'eau... qui a pu raviver des substances anciennes.
— Évidemment, les vapeurs qu'il a respirées ont provoqué une sorte de narcose cérébrale. Elles l'ont endormi, pour parler plus simplement.
— Oui, docteur, je crois qu'il s'agit bien de cela.
— En tout cas, je vous félicite : vous avez un élève très doué. Si jeune, et parlant parfaitement l'égyptien ancien !
Le directeur se sentit violemment rougir. C'en était fait

de son secret ! Pourquoi diable, parmi tous les médecins du Caire, était-il tombé justement sur l'oiseau rare capable de reconnaître la langue des pharaons dans les sons inarticulés que Rami avait prononcés pendant son sommeil ?

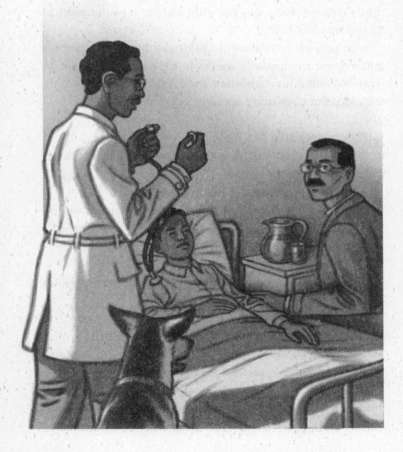

– Euh, oui, Rami est un élève exceptionnel. Il parle couramment l'égyptien ancien, affirma-t-il avec aplomb.

Ce n'était pas un mensonge. Pendant près de huit heures, Rami avait conversé avec des interlocuteurs invisibles dans le plus pur égyptien de l'époque thinite, celle des pharaons qui habitaient la ville de Thinis, dans le Sud : une période qui précède chronologiquement le règne du roi Zoser.

– Je suis un passionné de hiéroglyphes et de langues anciennes, expliqua le médecin en prenant congé. Je viendrai un jour bavarder avec ce charmant garçon, quand il aura recouvré son état normal.

Rami se réveilla peu après.

Il ouvrit les yeux et vit près de son lit le directeur qui l'observait, l'air préoccupé.

– *Nej herraq*, énonça le jeune garçon.

Puis, étonné par le son des mots qu'il venait de prononcer, il demanda :

– Mais qu'est-ce que j'ai dit ?

Le directeur se pencha sur lui :

– Tu m'as dit « bonjour », en égyptien ancien. Rami, où étais-tu ? Tu t'en souviens ?

– J'étais avec Mata, ma mère.

– Où ? Tu te souviens de l'endroit où tu étais ?

– Dans le palais du Mur Blanc. J'ai vu le Dépositaire des Secrets et les membres du Conseil supérieur.

Le directeur se passa la main sur le front :

– Incroyable, dit il. Incroyable. J'étais moi-même au milieu de la foule, au marché de la ville, et on disait à la ronde que le jeune Ramès était revenu. On t'appelait Ramès, n'est ce pas ?

Rami le regarda, étonné :

– Mais naturellement. C'est mon nom.

Le directeur recula, alla s'appuyer au mur de la chambre.

– Ce n'est pas possible. Ces choses n'arrivent pas. L'un de nous deux est en train de rêver.

Il savait pourtant qu'il ne s'agissait pas d'un rêve. Le soir précédent, ils s'étaient endormis presque en même temps, pendant la préparation des papyrus, et par un incroyable concours de circonstances – qu'il aurait fallu étudier scientifiquement, bien entendu – ils avaient « vécu » en songe à la même époque, probablement quelque trois mille ans avant l'ère chrétienne, et au même endroit, la ville de Memphis, dite le Mur Blanc. D'après ce que le directeur avait appris au marché, le peuple était en fête pour le retour d'un jeune garçon qui, selon les auspices, l'aurait sauvé des tyrans adorateurs de Seth. Puis un ânier qui transportait des outres de vin l'avait heurté violemment et il s'était retrouvé dans le laboratoire, avec Rami et Ringo profondément endormis à ses pieds. Il avait essayé de les réveiller, mais le chien gémissait et se tortillait sans donner l'impression de vouloir ouvrir les yeux et Rami prononçait des phrases incompréhensibles... jusqu'au moment où le directeur s'était rendu compte qu'il parlait en égyptien ancien. Il l'avait étendu sur un divan et était resté à l'écouter, fasciné, tout en prenant des notes : puis, vers sept heures du matin, il l'avait transporté à l'infirmerie et avait envoyé chercher un docteur. Il savait désormais, par expérience personnelle, que les hallucinations provoquées par les substances présentes dans la tombe d'Hor Hotep n'avaient pas de conséquences fâcheuses pour le corps, mais il se demandait avec une certaine angoisse quelles séquelles psychologiques ces incursions dans le passé pourraient laisser dans l'esprit de Rami.

– Bien, bien, bien, dit Monsieur H. quand il eut fini de lire les notes que Ghelda avait rédigées en écoutant Nefissa. Maintenant je sais où se trouvent les deux morveux.
– Vous le savez ? s'étonna Walid.
– Naturellement. Cette petite sorcière vous a menti du premier au dernier mot, mais elle m'a quand même révélé tout ce que je voulais savoir.
– Comment ? demanda Ghelda qui n'en revenait pas.
– Quand une personne est obligée de mentir en inventant des événements pour masquer la réalité, elle exagère ou déforme les faits réels, et laisse involontairement subsister des traces de vérité.
– Quoi ? dirent en chœur Ghelda et Walid.
– Peu importe, coupa Monsieur H. Je n'ai aucun espoir que vous compreniez ce que je suis en train de dire, mais je vais quand même vous donner la vraie version de cette « interview ».
Monsieur H. prit entre les doigts la feuille où Ghelda avait gribouillé ses notes et commenta :
– Voilà : la petite a commencé par dire que les deux garçons se trouvaient à Alexandrie. Ce qui signifie qu'ils se trouvent au Caire.

– Comment cela ? demanda Walid.

– S'ils avaient vraiment quitté l'Égypte, elle aurait dit qu'ils étaient partis pour l'étranger, tandis qu'elle a affirmé qu'ils étaient à Alexandrie. Or combien de grandes villes peut connaître une petite paysanne ignorante comme elle ?

– Le Caire… et Alexandrie, murmura Ghelda.

– Voilà pourquoi je suis sûr qu'ils sont au Caire.

Monsieur H. tira une bouffée de son narguilé et se gratta le nez d'un air faussement perplexe :

– Mais Le Caire est une grande ville. Où peuvent-ils bien être ?

Ghelda et Walid se regardèrent, découragés.

– Voyons, voyons… continua Monsieur H. avec un sourire méchant. Elle a dit qu'ils étaient partis pour étudier aux frais du khédive. Je ne crois pas qu'elle ait pu inventer une chose pareille, donc ça doit être vrai. Or, mes amis, où étudient les pupilles du khédive ?

– Où ? demandèrent en chœur Ghelda et Walid.

– A l'Institut khédivial, imbéciles. Voilà où vous devez les chercher.

Ghelda bondit sur ses pieds :

– Allons, Walid. Allons chercher Mahmud et Mustapha !

– Assied-toi, hurla rageusement Monsieur H. Parfois tu me fais regretter de t'avoir accordé ma confiance, tu es vraiment trop stupide. Si cette gamine a mis tant de soin à te raconter des bobards, tu crois vraiment qu'elle t'a donné leurs vrais noms ? Vous irez à l'Institut khédivial en vous faisant passer pour des inspecteurs du ministère de l'Hygiène, et vous vous débrouillerez pour découvrir comment s'appellent les deux paysans qu'on a admis ensemble, depuis moins d'un mois.

– Comment savez-vous qu'on les a admis depuis moins d'un mois ?

– Parce que, selon le vieux vendeur ambulant, « ils étaient encore en haute mer » : ils venaient donc de quitter le village depuis quelques jours, ou au maximum quelques semaines. Ça aussi, c'est une part de vérité que ces gens ont laissé filtrer – par bonheur pour moi.

Monsieur H. continuait à examiner avec attention les notes de Ghelda, les sourcils froncés. Tout à coup, ses acolytes virent paraître sur sa figure un sourire de triomphe :

– Et je crois bien que cette petite m'a révélé quelque chose d'encore plus important ! murmura-t-il.

Mais quand Ghelda et Walid voulurent savoir de quoi il s'agissait, Monsieur H. les rabroua vertement et les expédia illico s'acheter des habits conformes à l'idée qu'on se faisait, à l'époque, d'un inspecteur du ministère de l'Hygiène.

Au musée du Caire, une conversation assez animée avait lieu dans le bureau de Gaston Maspero.

– Vous n'espérez pas que je croie à ces absurdités, disait le vieil archéologue, passablement énervé. Mon cher Alain, vous commencez à m'inquiéter, avec vos hallucinations.

– Mes « hallucinations », comme vous les appelez, ne sont pas des extravagances, Gaston, expliqua le directeur. Ce sont de véritables incursions dans le passé, d'une précision parfaite, pendant lesquelles je parle l'égyptien ancien avec plus d'aisance que je ne parle l'arabe. Dans la rue, les gens qui m'entourent discutent des problèmes du jour, des attaques des « Serviteurs de Seth » et des victoires des « Serviteurs d'Horus ». Et ce n'est pas tout : le jeune Rami subit le même phénomène et se trouve d'un coup dans un palais qu'il appelle le « Mur Blanc » – et remarquez, Gaston, que le garçon n'a jamais entendu parler du Mur Blanc de sa vie, c'est une dénomination que seuls les archéologues connaissent. Dans ce palais, il rencontre sa mère, Mata, et un mystérieux « Dépositaire des Secrets » qui lui confie une mission. A son réveil, il me dit bonjour en égyptien ancien, une langue dont il ne connaît même pas l'existence. Vous voulez que je prenne tout cela à la légère ?

– Et vous voudriez que je vous prenne au sérieux, Alain ? rugit Maspero. Vous faites insulte à mon intelligence. Vous mêlez une sorte de surnaturel à nos études, qui sont une discipline sérieuse !

Le directeur se leva.

– Je vois qu'il n'y a rien à faire. Vous ne voulez pas comprendre. Gaston, je vous demande simplement de me croire et de collaborer avec moi pour résoudre ce casse-tête !

– Écoutez, mon ami, j'ai des problèmes bien plus concrets et pressants à résoudre. Le musée ouvre dans quelques semaines et nous ne sommes pas encore prêts ! Alain, prenez quelques jours de repos, puis lisez vos papyrus. Vous y trouverez sûrement la réponse à vos... interrogations.

Le directeur secoua la tête, et se dirigea vers la porte. Mais après avoir ouvert le battant il se rappela quelque chose et se tourna encore une fois vers Gaston Maspero.

– A propos, j'ai oublié de vous dire quelque chose. Votre interprétation du mot *mesenti* est erronée.

– Comment osez-vous !

– Je répète : vous avez mal lu le mot, Gaston. Il ne s'agit pas de *mesenti*, c'est-à-dire « forgerons », mais de *meseni*, qui signifie « harponneurs ». C'est ainsi que les gens le prononçaient autour de moi. Il faudra revoir vos théories, mon cher ami.

Le directeur sortit, laissant Gaston Maspero pétrifié sur place. Si ce que disait ce fou d'Alain Dupré était vrai, sa théorie d'une conquête de l'Égypte dans les temps prédynastiques par des « forgerons » noirs venus du sud s'écroulait, et la conquête devenait l'œuvre des « harponneurs » blancs, les « Serviteurs d'Horus », venus du nord. Maspero se permit de pousser un juron, qui résonna étrangement dans son bureau désert.

8

– Rami, tu dois me promettre de ne raconter à personne ce qui t'est arrivé, demanda le directeur.

– Oui, monsieur.

– Tu as fait un rêve extraordinaire, mais ce n'était qu'un rêve. Il ne faut pas que tu lui donnes trop d'importance.

Rami leva les yeux vers le directeur et sourit :

– Ce n'était pas un rêve.

Le directeur s'assit à sa place, devant la table chargée de vitrines, et secoua la tête :

– Tu as raison. C'était une sorte de… de voyage dans le passé, une hallucination provoquée par les vapeurs dégagées par ces papyrus. Mais les hallucinations sont trompeuses, même si elles laissent dans la mémoire des souvenirs très nets, très véridiques. Il faut que tu saches reconnaître la réalité, Rami. Oublie cette expérience.

– Je ne peux pas, monsieur. Je dois retourner là-bas et accomplir ma mission.

Le directeur frémit ; il s'était attendu à cela, mais l'idée que Rami soit désormais si intensément mêlé à cette histoire absurde provoquait en lui une sorte de panique :

– Mon garçon, essaie de comprendre. Rien de tout ce que tu as vu dans ton rêve n'est vrai. Oui, tu as vécu dans le passé, tu y as rencontré des êtres que tu as cru reconnaître, tu as parlé une langue que tu ne connais pas. Cela peut arriver, cela arrive même assez souvent avec des personnes en « transe », c'est-à-dire sous l'effet de forces spirituelles encore mal connues. Mais cela ne signifie pas que ce qu'on voit et ce qu'on entend pendant ces « transes » soit vrai, ou que cela ait une influence quelconque sur la réalité.

– On a tué mes frères, dit Rami, parce qu'ils défendaient la Vérité. Maintenant je dois le faire à leur place.

– Tu ne feras rien du tout, s'écria le directeur. Tu retourneras dans ton collège et tu oublieras tout cela.

Rami le fixa sans répondre. Son regard avait une intensité nouvelle que le directeur ne pouvait ignorer : il se sentit tout à coup impuissant devant des phénomènes qu'il ne contrôlait plus.

– Vous ne pouvez pas me renvoyer à l'Institut khédivial, reprit Rami avec calme. Il y a deux hommes qui me cherchent, et qui cherchent Hammouda, pour nous tuer. Ces hommes sont habillés de noir, portent des tarbouches lie-de-vin, et cet après-midi ils pénétreront à l'intérieur de l'Institut grâce à un mensonge.

– Comment sais-tu cela ? balbutia le directeur.

– Je dois me défendre, murmura Rami.

Le jeune garçon se leva, prit une des vitrines qui contenaient les papyrus et en souleva le couvercle :

– Lisez plutôt la première feuille des papyrus d'Hor Hotep, et vous comprendrez.

– Comment sais-tu que c'est la première page ? murmura le directeur.

– C'est ainsi que commence le message d'Hor Hotep, poursuivit Rami.

Et il récita :

– « Salut à toi, seigneur de l'éternité, dont les noms sont multiples, dont les formes sont mystérieuses dans les temples… »

– Rami, expliqua le directeur, ces paroles ont été gravées sur une stèle quelque mille années après l'époque d'Hor Hotep, et elles sont adressées à Osiris.

– Je prononçais ces paroles chaque matin à mon réveil, murmura Rami. Ma mère me les avait apprises. Mais ce n'est pas Osiris que je saluais.

– Ça va, ça va, dit le directeur énervé, en se levant. Maintenant, il faut que j'avertisse l'Institut de la visite de ces deux personnages.

Tout de suite après avoir prononcé ces mots, il se rendit compte qu'il venait d'agir comme si tout ce que disait Rami était vrai, comme s'il croyait à chaque mot proféré par le jeune garçon. Il prit sa tête entre ses mains et gémit :

– Je suis en train de devenir fou !

– Ce n'est pas nécessaire d'avertir l'Institut, conseilla Rami avec calme. Tout se passera comme c'est écrit. Maintenant, je vais chercher Ringo qui risque de provoquer des désordres dans le musée.

Rami sortit alors du laboratoire et le directeur le suivit, sidéré.

Dans le vaste édifice régnait l'activité habituelle, et tout d'abord le directeur ne remarqua rien d'extraordinaire. Mais au milieu de l'aile ouest du musée, là où se trouve l'atrium central, il y avait un attroupement d'ouvriers et d'employés qui tenaient conciliabule et levaient souvent les yeux vers quelque chose qu'il ne pouvait voir. Quand il fut arrivé à hauteur de l'atrium, il vit un treuil, une grue et une lourde caisse qu'on avait posée par terre, encore enveloppée de ses cordes. Sur la caisse se tenait assis Ringo, immobile, les oreilles droites, la queue pendante et le regard perdu dans le vide.

– Monsieur le surintendant, dit un employé d'un ton maussade, votre chien nous empêche de travailler. Il s'est assis sur cette caisse et nous n'arrivons pas à le déloger.

– Ringo, descends ! ordonna le directeur, sans que le chien ne bronche.

– On dirait une statue, dit un ouvrier.

– Ringo, descends immédiatement ! cria le directeur, sans plus de succès que la première fois.

A ce moment Rami se fraya un chemin parmi les ouvriers et murmura :

– Im Out !

A cet appel le chien se mit à bouger, et descendit lentement de la caisse.

– Enfin ! dirent en chœur les ouvriers en se remettant au treuil, tandis que les employés se dispersaient.

La poulie grinça, la caisse s'éleva et tournoya en l'air avant d'être posée à sa place définitive.

Le directeur se tourna vers Rami :

– Comment l'as-tu appelé ?

– Im Out. C'est son nom.

– Tu veux dire que c'est l'un de ses noms. Un des noms du dieu des morts, le chien Anubis.

– Oui.

Le directeur se passa une main sur le front. Avec un garçon qui semblait posséder la science infuse et un chien qui se prenait pour un dieu, sa vie allait certainement devenir de plus en plus absurde et compliquée.

Deux messieurs vêtus de noir se présentèrent ponctuellement, à quinze heures, au portail qui donnait accès à la grande cour d'honneur de l'Institut khédivial. L'un des deux était si gros que sa redingote semblait sur le point de craquer d'un instant à l'autre, tandis que son collègue, d'une taille démesurée et d'une maigreur d'épouvantail, portait un de ces sévères manteaux boutonnés jusqu'au cou, dits *stambouline*, qui étaient la tenue habituelle des employés supérieurs. Ils s'étaient fait précéder par un coup de téléphone qui annonçait leur visite au nom du ministère de l'Hygiène, et étaient attendus dans la cour par le préfet Moyïn et le surveillant Dardiri, parés de leurs plus beaux costumes, le tarbouche fraîchement repassé. Une inspection des délégués de n'importe quel ministère était toujours un événement, car, selon la réaction des visiteurs, elle pouvait donner lieu soit à de riches récompenses, soit à la rétrogradation et l'exil dans des provinces lointaines.

Les deux faux délégués du ministère de l'Hygiène, alias Ghelda et Walid, commencèrent par visiter les dortoirs, les réfectoires et les cuisines. Ce dernier endroit présentait quelques petites entorses à l'hygiène auxquelles on n'avait pas eu le temps de rémédier, comme des fourneaux encrassés et des casseroles douteuses, mais les deux inspecteurs ne marquèrent rien dans les petits carnets noirs qu'ils tenaient à la main et le préfet Moyïn poussa un soupir de soulagement.

Une heure plus tard, le proviseur reçut Ghelda et Walid dans son bureau, pour un rafraîchissement. Le moment était venu de discuter, et surtout de poser des questions :

– Katkout effendi, votre boîte est tout à fait chouette, dit Ghelda avec un large sourire de ses dents gâtées. Combien de morveux ont la veine d'être logés et nourris aux frais du khédive, dans cette baraque ?

Le proviseur sourcilla, tandis que Walid envoyait un coup de pied dans le tibia de Ghelda.

– Excellence, pardonnez les expressions de mon collègue. Dernièrement il a fait des inspections dans les quartiers populaires et cela a un peu affecté son langage.

Le proviseur esquissa un sourire évasif :

– Mais naturellement… je comprends.

Il prit un dossier qui traînait sur sa table et l'ouvrit.

– Voyons un peu. Cette année, nous accueillons exactement quatre-vingt-neuf élèves.

– Fichtre ! Je… commença Gelda, mais Walid lui coupa la parole :

– C'est un chiffre remarquable. Je suppose qu'ils sont tous citadins du Caire.

– Oh, pas du tout, dit le proviseur. Son Altesse nous envoie des élèves d'un peu partout. Même du Saïd, du sud de l'Égypte.

– Pas possible ! s'exclama Walid.

– Nous les éduquons pour qu'ils deviennent un jour des ministres, des généraux, des amiraux. De futurs pachas.

– Fichtre ! La crème, quoi, s'extasia Ghelda.

– Pas du tout. On les choisit pour leur intelligence, expliqua le proviseur. Ces derniers temps, on nous a même envoyé des paysans. Des simples paysans, figurez-vous !

– Ah, dit Ghelda. C'est formidable ! Et qui sont ces veinards ?

Ici Katkout effendi se souvint tout à coup des recommandations du directeur et commença à bafouiller :

– Ce sont... ce sont... des élèves qui viennent de... de Manfalout. Dans le Sud.

Mais les faux inspecteurs ne furent pas dupes : le trouble du proviseur était trop évident.

– On aimerait bien les rencontrer, pour leur poser quelques questions, dit Walid d'une voix flûtée. Vous savez bien que notre inspection ne serait pas complète sans une entrevue avec les élèves.

– Je... je vais voir où ils se trouvent, bégaya Katkout effendi. Il tendit la main vers sa clochette, puis changea d'avis et sortit rapidement du bureau en appelant à tue-tête :

– Moyïn effendi ! Moyïn effendi !

Ghelda se roula une cigarette et l'alluma nonchalamment :

– Ça marche, on dirait. Monsieur H. sera content de nous.

Pendant ce temps, le proviseur entrait en trombe dans le bureau du préfet :

– Moyïn effendi, téléphonez tout de suite aux gens du ministère et voyez s'ils vous confirment la visite de ces deux inspecteurs. Je commence à avoir des doutes, ces individus ont l'air de deux voyous sortis des bas-fonds. Et puis ils posent trop de questions.

Le proviseur revint dans son bureau. Il trouva Ghelda et Walid debout, qui l'attendaient.

– Nous devons continuer notre inspection, affirma Walid avec aplomb. Voulez-vous nous accompagner ?

– Naturellement, grommela le proviseur. Je ne vous lâche pas d'une semelle.

A cette époque, téléphoner n'était pas une mince affaire. Non seulement les heureux possesseurs de cet appareil magique étaient rares, mais en plus, ils dépendaient tous d'un central où des demoiselles d'un certain âge étaient chargées de mettre en contact les interlocuteurs au moyen d'un système compliqué de fils, de fiches et de trous. Pour appeler ces dames, il fallait tourner une manivelle, qui actionnait une sonnette du central. A partir de ce moment, on était à la merci du caractère et de l'humeur de la personne qui vous avait répondu. Ce jour-là, Moyïn effendi tomba sur la plus revêche, la plus acariâtre, la plus frustrée des demoiselles du téléphone. Apparemment, la voix du préfet ne lui plaisait pas, aussi elle le laissa poireauter pendant cinq bonnes minutes, sous le prétexte de manquer de lignes libres. Après quoi, elle lui annonça que le ministère de l'Hygiène était occupé ; il n'avait qu'à rappeler plus tard. Moyïn effendi, affolé, se précipita sur les traces du proviseur et des deux « inspecteurs ».

Ils les trouva au gymnase, où ils assistaient à l'entraînement de lutte. Sur une estrade surélevée, des garçons affublés de maillots à bretelles s'empoignaient, se contorsionnaient, se poussaient à terre avec fracas, tandis qu'un homme vêtu de blanc se promenait parmi eux en les encourageant ou en corrigeant leur position. Ghelda les observait, fasciné.

– En voilà des vrais durs !

Moyïn effendi s'approcha du proviseur, le prit à part et lui annonça à voix basse qu'il n'avait pu joindre le ministère.

– Où sont les élèves de Manfalout ? demanda Walid, qui n'oubliait pas la mission dont il était chargé.

– Je me suis informé, répondit le proviseur. Ils sont en excursion aux pyramides. Mais vous pouvez vous entretenir avec n'importe quel autre élève, mes amis.

Entre-temps, poussé par son instinct de prédateur, Ghelda avait arrêté son regard sur Hammouda qui était en train de s'entraîner avec Addoula, et il suivait attentivement ses mouvements. Ce lourdaud aux mains et aux pieds énormes faisait un contraste étonnant avec les autres élèves aux membres fuselés, qui visiblement ignoraient tout du travail manuel. S'il y avait un paysan au collège, ce devait être lui, surtout qu'il répondait parfaitement à la description que Monsieur H. lui avait faite du dénommé Hammouda.

– Je veux parler avec ce gars, demanda Ghelda, en pointant le doigt vers lui.

9

– Approche, mon petit, lui demanda Ghelda d'une voix doucereuse. N'aie pas peur. Comment t'appelles-tu ?

Si Ghelda possédait un instinct de chasseur, Hammouda n'était pas non plus dépourvu d'antennes, qui lui permettaient de flairer une menace à distance : il eut immédiatement l'intuition que l'homme qui se tenait devant lui était dangereux et qu'il fallait jouer serré.

– Je m'appelle Ahmed, répondit-il d'une voix sans timbre.

– Magnifique ! s'écria Walid. Et d'où viens-tu ?

Hammouda s'interrogea à toute vitesse sur la stratégie à suivre. Allait-il faire l'idiot, le demeuré, celui qui ne comprend pas, ou bien allait-il opter pour une série de brillants mensonges, qui mèneraient ses interlocuteurs sur une fausse piste ?

Il opta pour la deuxième solution, qu'il trouvait plus amusante :

Je viens de Gherga. Vous connaissez Gherga ?

– Bien sûr. Mais tu ne parles pas avec l'accent du Sud, fit remarquer Walid.

– Au collège on nous apprend à nous débarrasser de notre accent.
– Tu ne serais pas fellah, par hasard ? grogna Ghelda.
– Oh non, monsieur. Je suis le fils d'un… scribe.
– D'un quoi ?
– D'un scri… scribe, balbutia Hammouda, qui ignorait la signification de ce mot.

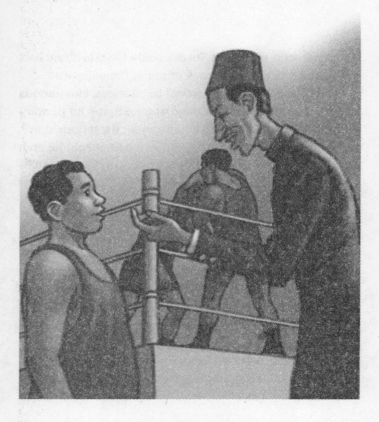

– Ce zigoto se moque de nous ! brailla Ghelda.

– Patience, M. Ghelda, intervint Walid. Nous n'avons pas demandé à ce charmant élève s'il est content de son séjour à l'Institut, ou s'il a des réclamations à faire. A propos, ça fait longtemps que tu es ici, mon petit ?

– Oh, qui s'en souvient ? poursuivit Hammouda avec désinvolture Je suis venu ici que je savais à peine marcher.

Le proviseur, qui avait retenu son souffle pendant tout cet échange d'informations, émit une sorte de hennissement :

– Dis à ces messieurs si tu es satisfait de ton séjour, et qu'on en finisse.

– Je suis très satisfait et très honoré de faire partie de cette école pres-ti-gieu-se, proféra Hammouda avec solennité.

Plus tard, quand les deux faux inspecteurs furent repartis bredouille, le proviseur fit venir Hammouda dans son bureau. Le préfet Moyïn assistait à l'entretien.

– Écoute-moi, mon garçon, conseilla Katkout effendi. Il vaut mieux que tu saches la vérité. M. le préfet vient de parler avec le ministère de l'Hygiène, qui a confirmé nos soupçons. Les deux hommes qui sont venus ici ce matin ne sont pas des inspecteurs, mais deux criminels, des complices de Monsieur H. Ils vous cherchent, toi et ton ami Rami, et ce n'est pas pour vous offrir des fleurs.

– Je le sais, répondit Hammouda.

– Tu le sais ! Comment cela ?

– Je l'ai compris dès que je les ai vus.

– Tu l'as compris ? Étrange. De toute manière je me

félicite tout autant que toi, tu as vraiment réussi à brouiller les pistes. Mais pourquoi leur as-tu dit que tu venais de Gherga ? Tu connais cette ville ?

– Non, monsieur.

– Et alors ?

– Gherga se trouve près de Thinis, expliqua Hammouda. C'est la première ville qui m'est venue à l'esprit.

Le proviseur écarquilla les yeux :

– Et d'où connais-tu Thinis ? C'est une ville qui n'existe plus !

Hammouda sembla désemparé :

– Elle n'existe plus ? Je croyais…

– Il ne faut pas confondre, conseilla le proviseur. Quand tu suis tes cours d'histoire, tu dois faire la différence entre le passé et le présent.

Le préfet Moyïn toussota :

– Hamm… Ahmed ne suit pas encore les cours d'histoire, dit-il à voix basse.

Le proviseur se tourna vers lui, puis regarda Hammouda et garda un bon moment le silence.

Enfin il secoua la tête, comme pour chasser une mouche importune :

– Mon garçon, je te demande de faire très attention. Nous allons redoubler de précautions et renforcer la surveillance, mais, de ton côté, tu dois être très prudent, jusqu'à ce qu'on ait arrêté ces deux imposteurs… et leur chef. C'est entendu ?

– Oui, monsieur le proviseur, acquiesca Hammouda.

La police arriva quelques minutes après. Le *hakimdar* du poste d'Abdine se fit décrire en détail l'aspect des deux faux inspecteurs, mais leur signalement ne correspondait à celui d'aucun criminel connu. Même leurs noms, Ghelda et Walid, n'étaient pas fichés. On avertit par téléphone le directeur, qui demanda à Gaston Maspero de faire surveiller attentivement l'accès du musée, de manière à intercepter tout individu dont le poids approximatif dépasserait les cent kilos, et tout autre dont la taille serait supérieure à un mètre quatre-vingts. Mais toutes ces précautions étaient inutiles. Furieux du pitoyable résultat obtenu par ses hommes, Monsieur H. avait décidé d'agir par lui-même. Sa barbe avait suffisamment poussé pour le rendre méconnaissable et le capuchon de son burnous marocain ajoutait encore plus de véracité à son déguisement. Dans le secret de son souterrain, Henri Armellini commença à organiser dans les moindres détails le plan machiavélique qui au moment voulu le conduirait au cœur de l'Institut khédivial.

La figure couverte d'un masque bourré de coton, Alain Dupré s'apprêtait à déplier le premier papyrus. Comme lui, Rami était affublé d'un masque et se tenait à bonne distance de la table, en compagnie de Ringo. Pour éviter au chien de nouvelles hallucinations, le directeur lui avait mis une muselière garnie d'une couche d'ouate. Mais Ringo n'avait pas apprécié la chose et s'était assis face au mur en tournant ostensiblement le dos à tout le monde.

Délicatement tenue entre une pince et une baguette terminée par une boule de caoutchouc, la feuille de papyrus, assouplie par l'humidité, s'ouvrait lentement.

Alain Dupré commença à reconnaître quelques caractères, à déchiffrer certains mots. Mais la poussière et la patine du temps couvraient la presque totalité du texte, et avant de pouvoir le lire en entier, il faudrait un long travail de nettoyage.

– « Salut… seigneur… les formes… sont multiples… temples… », murmura le directeur. Tu avais raison, Rami, je crois bien que le papyrus commence par l'invocation à Osiris.

Il prit une loupe et essaya de lire d'autres mots :

– « …reconnaître… puissance… la vie… roi… » Il faudra nettoyer tout cela, murmura-t-il comme s'il se parlait à lui-même.

Une étrange impatience s'empara de lui. Il souleva le couvercle de la deuxième vitrine, puis de la troisième, de la quatrième et ainsi de suite, jusqu'à ce

que les sept feuilles de papyrus soient alignées devant lui. Lentement, avec d'infinies précautions, ils les déplia l'une après l'autre, les plaçant successivement sous autant de rectangles de verre, numérotés de un à sept. Alors il se pencha encore une fois sur ces documents où il retrouvait à chaque page un nom extraordinaire : celui de Horus Khenti Irti, Horus l'aîné, le dieu fondateur du royaume d'Égypte dans les époques les plus reculées de la préhistoire, quand la terre du Nil était gouvernée par des êtres de légende. Un dieu oublié, remplacé au cours des millénaires par d'autres dieux et d'autres Horus.

La tête en feu, les mains moites, l'archéologue déchiffrait et transcrivait fébrilement d'autres bribes du texte :
– « Vous serez condamnés... les familles... dispersés dans la plaine... l'enfant a pris ... place... l'arbre a vaincu la foudre... adoré de... ma loi... »

Alain Dupré ne parvenait plus à contrôler son émotion. Les anciens caractères se confondaient devant ses yeux, dans un fourmillement de lumières. Il savait, il était certain que les papyrus d'Hor Hotep, les plus anciens qu'on eût jamais retrouvés, étaient sur le point de lui apprendre des faits que personne ne connaissait encore, et de lui révéler un mystère qu'aucune découverte, jusqu'à ce jour, n'avait pu éclaircir : la vraie nature de ces pharaons-dieux qui avaient gouverné la vallée du Nil et le delta dans les temps préhistoriques. Leur souvenir était si profondément gravé dans la mémoire des règnes successifs, leurs noms divinisés étaient attestés par un si grand nombre de textes, qu'il paraissait difficile de nier en bloc leur nature extraordinaire – il faudrait peut-être dire surnaturelle – et prétendre qu'ils n'étaient que mythiques.

– Il faut que j'en parle à Maspero, murmura Alain Dupré. Il faut que j'en parle à Maspero !

Il ôta son masque, se couvrit la figure des deux mains et essaya de reprendre le contrôle de ses pensées. Il pouvait se tromper. Il pouvait avoir mal lu les signes de l'écriture hiératique. Il pouvait avoir mal interprété les idéogrammes. Cela arrivait souvent, et les controverses entre archéologues à propos de différentes interprétations d'un même texte ne se comptaient plus. Parfois ces querelles duraient pendant des années, et leurs protagonistes – des scientifiques connus, d'âge plus que respectable – ne s'adressaient plus la parole et affectaient de ne pas se voir quand ils se rencontraient à l'Institut français d'archéologie orientale ou dans une soirée mondaine.

– Ils vont dire encore une fois que je suis devenu fou, dit Alain Dupré avec un sourire désabusé. Comme lorsqu'on désespérait de retrouver le trésor d'Hor Hotep. Tu te souviens, Rami ?

Personne ne lui répondit. Le directeur fit pivoter sa chaise et jeta autour de lui un regard éberlué : il était seul dans la pièce, Rami et le chien avaient disparu.

10

Le directeur sortit en trombe de son laboratoire et dévala l'escalier qui conduisait au rez-de-chaussée du musée. Les derniers ouvriers étaient en train de ramasser leurs affaires et un employé contrôlait la fermeture de quelques vitrines que l'on venait d'installer.

– Avez-vous vu Rami ? cria le directeur, d'une voix tellement altérée que tout le monde se tourna vers lui.

– N… non… répondit quelqu'un.

Au pas de course, il traversa le musée en diagonale et arriva à la porte est, la seule qui fut encore ouverte à cette heure.

– Avez-vous vu Rami et le chien ? cria-t-il au préposé.

Celui-ci le regarda avec des yeux ronds :

– Mais… oui. Ils sont sortis.

– Depuis quand ?

– Depuis au moins deux heures, monsieur.

Deux heures ? Il avait l'impression qu'à peine vingt minutes s'étaient écoulées depuis qu'il avait commencé à dérouler les papyrus. A ce moment, Rami et Ringo étaient assis sagement dans la pièce, le nez et la bouche protégés par un masque. Qu'était-il arrivé ? S'était-il endormi ?

Il courut au portail d'entrée du jardin : on lui confirma que Rami et le « grand chien » étaient sortis tranquillement environ deux heures auparavant et s'étaient dirigés vers le Nil.

– Vers le Nil ! cria le directeur. Pourquoi ne les avez-vous pas arrêtés ?

Gaston Maspero sortit presque en courant du musée et se hâta vers lui, suivi d'un petit groupe de surveillants.

– Alain, que se passe-t-il ?

– Rami est parti ! Il est allé vers le Nil ! s'écria le directeur avec désespoir.

– Et alors ? Calmez-vous, mon ami, il est sûrement allé prendre un peu l'air. On le retrouvera.

– Vous ne comprenez pas ! Rami a ôté son masque ! s'écria le directeur en s'élançant vers le rivage du fleuve.

Gaston Maspero fronça les sourcils :

– Son masque ? Quel masque ?

Sur la berge, il n'y avait personne. Le grand fleuve roulait en silence ses flots parsemés de bouquets de narcisses d'eau. Le soleil couchant dorait la voile triangulaire d'une felouque qui voguait vers le nord.

– Rami ! Ringo ! cria le directeur, tout en sachant parfaitement que personne ne lui répondrait : Rami était parti, il avait obéi au mystérieux appel du passé.

Comme surgi du néant, un vieil homme habillé d'une *gallabieh* déchirée parut sur la berge et s'approcha de lui :

– Étranger, dit-il, tu cherches le jeune prince ?
– Tu l'as vu ?
– Oui, je l'ai vu. Que Dieu le bénisse !
– Où est-il ?
– Il s'est embarqué pour la ville de la Vérité, répondit le vieux.
– Quoi ?
– C'est ce qu'il a dit au batelier, mon ami. « Emmène-moi à la ville de la Vérité », et le batelier lui a obéi.
– Où se trouve cette ville ? Tu la connais ?

Le vieux secoua la tête en souriant :

– Oh, non. Je voudrais bien, tu sais. Mais il n'est pas donné à tout le monde d'y aller. Que la paix soit avec toi !

Le vieux commença à s'éloigner sur la berge et le directeur comprit qu'il était inutile d'essayer de le retenir pour lui poser d'autres questions. Il se détourna, découragé, et se dirigea vers le musée.

La felouque fendait rapidement les flots du Nil, sa grande voile gonflée par le vent. A la proue, le jeune Ramès scrutait la rive gauche, qui devenait noire dans le crépuscule. Son grand chien aux oreilles dressées était assis à ses pieds et regardait l'horizon, sur lequel se détachaient en ombres chinoises des groupes de palmiers et quelques maisons isolées. Puis Ramès fit un signe de la main et le batelier actionna le gouvernail. La felouque quitta le cours du fleuve pour s'engager dans un canal qui filait vers l'ouest, entre des berges couvertes de saules pleureurs et de joncs. Des collines de sable et de pierres commençaient à grandir à partir de la berge gauche, et la plaine semblait monter doucement vers le ciel encore clair. Après quelque temps, Ramès fit un autre signe et la felouque accosta, dans le grincement de ses mâts et de ses vieilles planches.

– Merci, dit le jeune garçon en débarquant, suivi par son chien.

– Va en paix, répondit le batelier.

Ramès commença à gravir la pente de la colline. Le chien le précédait comme s'il connaissait son chemin. La nuit était tombée, et d'innombrables étoiles s'étaient allumées dans le ciel. Au sommet, le vent les assaillit. Devant eux s'étendait le désert, plaine sombre, caillouteuse et ondulée, un haut-plateau sans pistes ni repères. Pourtant Ramès continuait à marcher avec assurance.

C'est alors que, peu à peu, dans la nuit claire, une ville sembla surgir du sable, avec ses maisons, ses temples et ses obélisques aux reflets d'or. Une ville immense, profilant la silhouette de ses bâtisses, avec les lumières clignotantes de mille fenêtres.

– Sekhem, murmura Ramès, et le chien agita la queue.

Ils se mirent à courir et pénétrèrent bientôt dans la ville, dont les rues étaient pleines d'une foule agitée qui se hâtait dans une même direction.

– Venez, vite, disaient les gens aux retardataires qui hésitaient sur le seuil de leur porte, le Maître nous appelle.

Ramès marcha avec la foule, son chien à ses côtés. Autour de lui, il entendait crier :

– Il est revenu !
– Il saura venger ses frères !

– Il nous sauvera !

Enfin, au détour d'un palais, il se trouva dans une longue allée rectiligne, éclairée par une lumière diffuse qui semblait sortir des murs et du sol, et traçait dans la nuit une flèche éblouissante. Au loin se dressait un édifice soutenu par des colonnes immenses, vers lequel la foule avançait résolument. Une femme regarda Ramès, le visage empreint de surprise et de joie. En un instant son nom courut sur toutes les lèvres, les gens se tournèrent vers lui et commencèrent à courber le dos en portant les bras en avant en signe de respect. La foule s'écarta et Ramès avança vers le temple entre deux rangées d'hommes et de femmes qui s'inclinaient et tendaient les bras à son passage en murmurant des bénédictions.

– Que la Vérité t'accompagne !
– Sauve-nous, Ramès !
– Que la Vérité guide tes pas !

Sur le seuil du temple se tenait un homme de haute taille, les yeux aussi noirs que la poix. Il était enveloppé d'un léger manteau et d'une tunique blanche qui lui arrivait jusqu'aux pieds. Il descendit les quelques marches du perron et vint à la rencontre de Ramès :

– Viens, mon fils, dit-il. Le Conseil t'attend.

Ramès prit sa main et pénétra avec lui dans le temple d'Hor. Le grand chien qui l'accompagnait s'accroupit sur le seuil pour l'attendre

La procession du Mouled-el-Nabi, qui avait lieu chaque année pour l'anniversaire de la naissance du prophète Mohammed, se mit en marche à partir de la mosquée du

Sultan Hassan, sous la citadelle, et commença à parcourir la ville entre deux rangées bruyantes de curieux. En tête marchait la bande de Hassaballa, la plus célèbre fanfare populaire du quartier du Mouski, avec ses fifres, ses cuivres et ses grosses caisses. Elle était suivie par une troupe imposante de derviches tourneurs habillés de vert, dont les jupes immenses tournoyaient et se soulevaient, révélant des jupons blancs et des culottes bouffantes serrées aux chevilles. Derrière venaient différentes confréries religieuses, chacune avec son étendard que le vent gonflait, chacune avec ses tambourins et ses cheikhs aux voix aiguës qui lançaient des invocations au Ciel. Sous les arcades de la rue Mohammed-Ali, les enfants suivaient la procession en serrant sur leur poitrine un jouet ou des friandises ; et aux étages les femmes entrouvraient les moucharabieh pour lancer sur la foule des fleurs et des dragées.

A la hauteur de la mosquée du Cheikh Nassar, un groupe de religieux étrangers se joignit au cortège : il faudrait plutôt dire « prit la tête du cortège », parce que ces vénérables croyants, tous enveloppés du burnous marocain, la tête recouverte du capuchon et les barbes fleuries, se placèrent d'emblée devant la fanfare de Hassaballa et commencèrent à imprimer à la procession un rythme beaucoup plus rapide. Virevoltant sur eux-mêmes avec de larges envolées de manches, ils frappaient à coups retentissants et rapides sur leurs tambours, ce qui poussa les musiciens à redoubler la cadence et à faire rouler les grosses caisses comme pour une parade nuptiale. Parmi ces hommes il y en avait un, particulièrement gros, qui tressautait et tournoyait avec la légèreté d'une ballerine, tandis qu'un autre, très maigre, dominait tous les autres de sa haute taille. Entre les deux marchait rapidement un vieux cheikh, qui portait une grosse besace en bandoulière et égrenait pieusement sa *sebka**, son chapelet, les yeux baissés.

La procession déboucha avec fracas sur la place Ataba, dont elle fit le tour au pas de danse. Rendus joyeux par ce rythme effréné, les spectateurs se mirent à pousser des *zagharit** et à applaudir. Puis le cortège vira à angle droit et se dirigea vers le palais d'Abdine, pour défiler devant le souverain, les hauts dignitaires de l'État, les délégations des provinces… et les élèves de l'Institut khédivial, en rangs dans la cour de leur établissement.

Plusieurs manifestations avaient été organisées par l'Institut à l'occasion de la fête du Mouled : chants, récitation de poèmes, joutes sportives. Les « khédiviaux » devaient se battre ce soir-là avec les champions du collège des Jésuites, pour la demi-finale de lutte libre des écoles du Caire, et l'estrade où devait avoir lieu la compétition avait été dressée au milieu de la cour. Quand le cortège arriva, Hammouda s'y tenait déjà, droit et fier dans son uniforme, au beau milieu des autres athlètes. Le groupe des « marocains » entra le premier, au son des tambours, suivi par la fanfare de Hassaballa, les derviches tourneurs et tous les autres. En un clin d'œil, la cour fut pleine d'une foule bariolée et bruyante, qui tournait autour de l'estrade en invoquant le nom d'Allah et en bénissant ses bienfaits. Les paupières du pieux cheikh

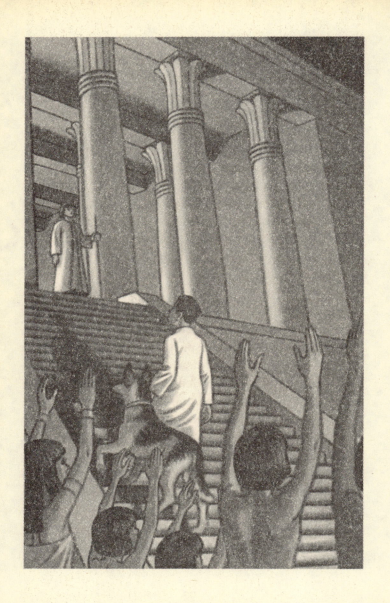

marocain se soulevèrent enfin et l'homme darda sur les élèves un regard aussi perçant que celui d'un aigle à la recherche d'un lapin de garenne. Ce qu'il vit dut le satisfaire, parce que tout de suite après il baissa les yeux et recommença à égrener son chapelet. Alors les « marocains » se mirent tout à coup à voltiger. Ils ouvrirent leurs burnous comme les ailes d'immenses pélicans et de leurs gosiers sortit un chant confus et retentissant dont on ne comprenait pas les paroles, ce que l'on mit sur le compte de leur prononciation particulière de la langue arabe. Quand, après avoir fait le tour de la cour de l'Institut, les « religieux » débouchèrent enfin dans la rue Emad-el-Dine, personne ne remarqua qu'un de leurs compagnons avait disparu.

11

Rendu invisible par le mur d'étoffes mouvantes que ses hommes avaient dressé autour de lui, Henri Armellini s'était glissé prestement par une des fenêtres du sous-sol de l'Institut khédivial, une ouverture basse et longue qui s'ouvrait au niveau du sol de la cour. Elle n'était protégée que par un vieux grillage rouillé qui n'offrit aucune résistance à la poussée de Monsieur H. Celui-ci se laissa glisser sur le rebord pentu et se retrouva – avec sa besace – deux mètres plus bas, dans une vaste pièce aux parois lépreuses où l'on avait amoncelé au cours des années un fatras poussiéreux de vieux meubles, de vieux accessoires de gymnastique, de vieux dossiers. Il y avait même un antique carrosse sans roues, où Monsieur H. s'installa immédiatement, mettant en fuite une paisible famille de souris. De cet endroit, par la lucarne du carrosse et la fenêtre du sous-sol, il pouvait voir de bas en haut l'estrade entourée des drapeaux verts avec la demi-lune et les trois étoiles blanches qui, à l'époque, représentaient les couleurs de l'Égypte. Un sourire féroce tordit les lèvres de Monsieur H. :

– Je vous tiens, sales garnements. Je vous tiens.

La haine qu'il éprouvait pour Rami et Hammouda était si forte qu'il voyait rouge. De sa vie il n'avait été démasqué, et quand cela était arrivé, c'était à cause de deux enfants et d'un chien ! Il se sentait déshonoré, même si sa conception de l'honneur était un peu particulière. Comment quitter l'Égypte et s'installer au Brésil avant d'avoir lavé cet affront dans le sang ? Monsieur H. se glissa hors de sa cachette et grimpa sur le toit du carrosse, d'où il pouvait voir les athlètes qui se tenaient sur l'estrade et les spectateurs, assis juste en face sur des gradins surélevés. Il sortit des profondeurs de la besace

deux pistolets de tir au canon très long, des instruments de précision capables d'atteindre une cible à plus de cent mètres. Il tirerait sur les deux garçons en continu : pam, pam. Le temps pour les élèves et les professeurs de se rendre compte de ce qui s'était passé, et il se serait débarrassé de son burnous, sous lequel il était habillé de noir comme un respectable professeur, pour sortir tranquillement par la porte du sous-sol et gagner la rue sans se presser, profitant du fait que tout le monde s'affairerait auprès des deux victimes.

Son plan était imparable, et encore une fois Monsieur H. se sentit fier du fonctionnement de ses cellules grises. Mais un subtil malaise commençait à s'infiltrer en lui. Où donc était Rami ? Il avait bien reconnu ce lourdaud d'Hammouda qui allait et venait tranquillement et qui s'était trouvé une dizaine de fois dans la ligne de tir de ses pistolets. Mais il avait beau scruter la foule des élèves et des visiteurs, il ne parvenait pas à distinguer l'autre garçon, le cerveau de l'affaire, celui par qui tout était arrivé. Le vrai responsable de sa déconfiture, celui qui l'avait dépouillé du trésor d'Hor Hotep et surtout de ses étonnants papyrus, c'était Rami, et Rami n'était pas là. Tremblant de rage, Monsieur H. décida de modifier son plan, tout parfait qu'il fût.

– Viens, nous n'avons pas beaucoup de temps, dit l'homme aux yeux noirs. Bientôt tu retourneras dans ton époque, et tu nous oublieras. Mais avant, tu dois nous aider, afin que ton peuple puisse transmettre le message de la Vérité.

Le temple d'Hor semblait immense. Des salles et des salles se succédaient, éclairées par une lumière diffuse dont Ramès n'apercevait pas la source. Des colonnes gigantesques soutenaient le plafond et des portes s'ouvraient silencieusement pour révéler d'autres salles, d'autres colonnes.

Enfin ils arrivèrent dans une cour au milieu de laquelle une fontaine coulait paisiblement. Là, Rami vit Mata, sa mère, en compagnie de Neftis Titi, qui rougit à son approche, et d'autres femmes vêtues de blanc. Il passa devant elles en se contentant de sourire, parce qu'il savait que toute effusion aurait été déplacée. Dans la salle suivante, des hommes étaient assis et se levèrent à leur entrée.

– Voici Ramès, annonça le Dépositaire des Secrets.

– Bienvenue, dirent les hommes.

Ils étaient habillés de tuniques blanches, la tête nue. Un large bracelet en or entourait leur poignet gauche, et à leur cou était accroché un pendentif en forme de lotus renversé. Le plus vieux d'entre eux, au visage parcheminé et aux yeux perçants, parla d'une voix claire :

– Ramès, tu devras accomplir une mission dangereuse et difficile. Tu conduiras le peuple dans un lieu éloigné, où il vivra caché, loin de la menace de Seth. Es-tu prêt ?

– Oui, Maître.

– Le peuple oubliera son savoir. Seuls les Sages garderont la Vérité.

Le vieillard baissa la tête et continua dans un murmure à peine audible :

– Nous étions si puissants qu'on a fait de nous des

dieux. Mais il n'y a pas de dieux : il n'y a que la Vérité. Ainsi, pour qu'on nous oublie, nous détruirons toute trace de notre passage et nous partirons, Ramès.

Le vieillard se tourna vers l'homme aux yeux noirs :

– Hor Hotep, conduis Ramès dans le jardin des arbres fruitiers. Montre-lui la Source d'énergie.

Ramès regarda son guide, les yeux écarquillés :

– Hor Hotep, c'est toi ? Le Dépositaire des Secrets ?

– Oui, dit l'homme aux yeux noirs. Suis-moi.

Ils franchirent une arcade qui s'ouvrait sur une forêt d'arbres gigantesques, dont les branchages s'élevaient vers le ciel nocturne et cachaient les étoiles. La même clarté diffuse illuminait la forêt, dont le sol était recouvert de vigoureuses touffes de fougères.

– Comment ces arbres peuvent-ils pousser en plein désert ? demanda Rami.

– Nous extrayons l'eau et les engrais de l'air, dit Hor Hotep. Et nous contrôlons la pousse et le développement des plantes.

– Comment ? demanda Ramès. Par la magie ?

Hor Hotep secoua la tête :

– Rien n'est magie, mon fils.

Au milieu de la forêt s'ouvrait une large clairière verdoyante, au centre de laquelle se dressait un petit temple. Hor Hotep y entra, suivi de Ramès, et tous deux commencèrent à descendre un escalier en colimaçon qui s'enfonçait dans les profondeurs de la terre.

– Maître, demanda Ramès, où allons-nous ?

– Tu étais trop jeune quand la grande nation est née,

répondit Hor Hotep, tu ne connais pas les secrets de ton peuple. Il est temps que tu saches d'où vient notre force.

Ils se trouvaient maintenant dans une immense salle souterraine, pleine d'objets bizarres alignés le long des parois : des caisses surmontées d'une sphère luminescente, de grands pupitres noirs et muets, des jarres plus hautes qu'un homme d'où sortait un murmure semblable au bruit que fait l'eau quand elle coule dans les rigoles des champs.

Au milieu de la salle se dressait un grand cylindre fait d'une matière transparente et gélatineuse et surmonté d'une coupole métallique d'où se dégageaient des étincelles et une sorte de bourdonnement.

– Voici la source de notre force, expliqua Hor Hotep en le désignant. Grâce à cet instrument, nous contrôlons la nature, le flux du temps, la loi de la pesanteur. L'énergie qu'il dégage nous guérit quand nous sommes malades, nous guide quand nous avons des doutes, nous aide à communiquer entre nous. Bientôt pourtant nous devrons supprimer cette installation et détruire le souterrain. Il ne restera rien de tout cela.

– Pourquoi, Maître ?

– Parce que la révolte a déferlé sur l'Égypte et les forces du Mal se sont emparées de la Vérité. Ils l'ont divisée, fractionnée, démembrée et chaque groupe, chaque clan en a pris une partie.

– Comme ils ont fait avec le corps d'Osiris ?

– La légende d'Osiris, tué par Seth, mis en pièces et éparpillé à travers l'Égypte, n'est qu'une représentation poétique de ce que les hommes ont fait de la Vérité, murmura

Hor Hotep. Cette légende naîtra longtemps après que nous serons partis.

– Vous aussi, Maître ?

– Oui. Après avoir détruit le souterrain et la Source d'énergie, nous partirons. Voici le Faucon, notre navire.

Devant eux luisaient faiblement deux grandes ailes dorées, qui occupaient avec leur envergure toute la largeur du souterrain.

– Les ailes d'Horus ! s'écria Ramès.

Hor Hotep se mit à rire.

– Ce n'est qu'une machine, Ramès ! Mais elle a tellement frappé les imaginations qu'on en a fait un dieu, un symbole, un fétiche.

– Votre sarcophage, à Sakkara, est orné de ces ailes.

Hor Hotep esquissa un sourire et secoua la tête :

– Plus tard tu comprendras, mon fils.

Tout à coup Ramès eut l'impression qu'une vitre noire s'était glissée devant ses yeux.

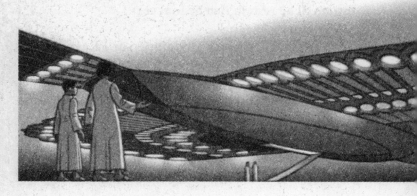

— Maître, dit-il, je suis sur le point de retourner dans l'autre époque.

La luminescence du souterrain s'estompait rapidement et Hor Hotep s'éloignait de lui, aspiré par une force invisible.

— Tu reviendras, cria le Maître, tu reviendras. Rien ne peut changer ce qui est.

Il leva les bras et disparut dans l'ombre.

Dans le bureau de Gaston Maspero, au musée, la discussion battait son plein.

— Allons donc, *my dear Gaston*, disait Sir Flinders Petrie, un homme à la barbe blanche, au fort accent britannique. Ne soyez pas entêté. Il n'y a rien d'absurde dans ce que raconte M. Dupré. Un de mes jeunes collaborateurs est justement en train de faire des études sur les substances narcotiques connues des anciens Égyptiens et les affirmations de M. Dupré me semblent parfaitement plausibles.

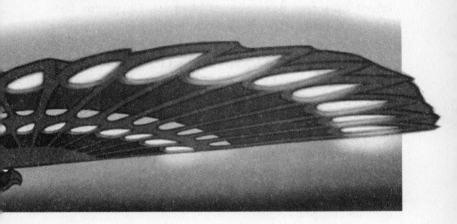

– Mon cher collègue, répondit Maspero de très mauvaise humeur, votre collaborateur n'a encore rien publié et je réserve mon jugement sur la valeur de ses études !

Le directeur assistait en silence à cette discussion qui pourtant le concernait directement.

– Eh bien ! s'exclama Sir Petrie, j'ai lu quant à moi ce qu'il a écrit et je suis d'accord avec lui. Prenez par exemple les fameuses expéditions de la reine Hachepsout : il n'est pas possible qu'elle ait envoyé à Punt des milliers de gens sur des centaines de navires uniquement pour se procurer de l'encens et des épices ! Cela, c'était la version officielle, celle qu'on donnait au peuple. En réalité, elle recherchait des plantes narcotiques, dont ses chirurgiens avaient besoin pour calmer les souffrances de leurs patients.

– Ce ne sont que des suppositions, Sir Flinders, marmonna Maspero.

– Le papyrus déchiffré par Edwin Smith et conservé à New York nous prouve que la médecine et l'anatomie étaient déjà très développées chez les Égyptiens de l'Ancien Empire. Croyez-vous vraiment que les chirurgiens de l'époque opéraient sans anesthésie ?

– Quel rapport avec les visions dont parle M. Dupré ?

– Mais c'est clair ! Les anciens Égyptiens connaissaient parfaitement des plantes capables d'agir sur les facultés mentales. Nous savons qu'au Sinaï il existe une sorte de champignon hallucinatoire – connu depuis la plus haute antiquité – dont les spores provoquent des visions. Les papyrus que Dupré est en train d'étudier ont probablement été traités avec des substances similaires, dont nous ne connaissons pas encore la nature et les effets.

Cette fois Gaston Maspero se tut. Il devait admettre que lui-même, au cours de sa longue carrière, n'avait cessé d'être surpris par les connaissances scientifiques que les anciens Égyptiens semblaient posséder, comme s'ils les avaient héritées de mystérieux ancêtres.

– Quand un phénomène se répète par trois fois, intervint enfin le directeur, il faut absolument l'étudier et essayer de l'expliquer.

– Personne ne peut dire, en l'occurence, si l'enfant s'est enfui sous l'effet d'une hallucination... ou bien s'il fait simplement l'école buissonnière, grogna Maspero.

– Ce n'est pas le genre de Rami de faire l'école buissonnière, répliqua le directeur. Puis il se mordit les lèvres, se souvenant qu'à Mit Rehina le jeune garçon ne cessait de s'échapper de la classe coranique du cheikh Abdel Ghelil.

– Plus maintenant, du moins, ajouta-t-il, déconfit.

– Monsieur Dupré, reprit Sir Flinders Petrie, je crois que vous devez étudier avec attention vos papyrus et surtout vous décider enfin à ouvrir le sarcophage d'Hor Hotep. J'ai l'intuition que vous êtes à la veille d'une série de découvertes importantes. Suivez votre instinct et allez de l'avant.

– Pour l'instant, je veux retrouver Rami. Son absence m'inquiète, m'empêche de me concentrer. J'ai demandé qu'on m'avertisse du retour de la felouque sur laquelle il s'est embarqué. Dès qu'elle sera arrivée au quai, j'irai à sa recherche.

12

La lourde embarcation glissait sur l'eau calme du Nil. Le directeur, appuyé au mât, scrutait anxieusement la rive gauche.

– Tu es sûr que c'est la bonne route ? demanda-t-il au batelier

– Oui, monsieur. Maintenant nous entrons dans le canal Khatatba. C'est là que le jeune prince a débarqué.

– Le Khatatba ? répéta le directeur, incrédule.

Il n'était pas possible que Rami soit venu dans une région dénuée de tout vestige archéologique, à part quelques pierres qui marquaient l'emplacement de l'ancienne ville de Terenutis. Mais Terenutis se trouvait à une cinquantaine de kilomètres plus au nord.

– Comment peux-tu te rappeler l'endroit exact ? lui demanda le directeur. Ces rives n'offrent aucun point de repère.

– Peut-être pour toi, étranger, dit le batelier. Pour moi, elles sont comme le chemin de ma maison. Le jeune prince est descendu juste avant le village de Birqach.

Soudain, Alain Dupré eut une sorte d'illumination :

des textes situaient à l'ouest du minuscule village de Birqach, dans le désert, la ville disparue de Létopolis, deuxième province de l'Égypte préhistorique. Dans une époque plus reculée encore, on l'appelait Sekhem, sanctuaire : c'était la ville légendaire de Horus Khenti Irti, l'ancien dieu dont il avait lu dix fois le nom dans les papyrus d'Hor Hotep. Voilà où se trouvait Rami ! Sa première pensée fut pour Gaston Maspero, dont le scepticisme aurait du mal à résister à tant de coïncidences. Puis il se reprocha ces sentiments indignes d'un savant et leva les yeux vers les collines qui commençaient à se profiler à l'horizon. Au sommet de l'une d'elles, il vit apparaître et disparaître rapidement deux silhouettes qu'il connaissait bien, celles d'un jeune garçon et d'un grand chien-loup. Puis il les revit : tous deux couraient vers la plaine, à la rencontre de la felouque, comme s'ils se hâtaient vers un rendez-vous. La gorge du directeur se serra d'émotion et le soulagement lui fit monter les larmes aux yeux.

– Les voilà, dit le batelier, qui venait de les apercevoir à son tour. Voilà le jeune prince et son chien.

– Comment sais-tu qu'il est prince ? demanda le directeur d'une voix enrouée.

– Bon sang ne ment pas, dit le batelier.

La felouque accosta et le directeur sauta à terre. Rami lui fit de loin un geste de salut, Ringo accéléra sa course et en quelques bonds fut près de lui, sautant et frétillant en signe de joie.

– Rami, tu nous as inquiétés, lança Alain Dupré dès que le jeune garçon l'eut rejoint. Où avais-tu disparu ?

– J'étais à Sekhem, dans le temple, dit Rami essoufflé. Je vous raconterai tout, monsieur. Vous devez m'aider. Je ne serai jamais capable de faire tout seul ce qu'ils attendent de moi.

– Bien, bien, mais calme-toi, maintenant. Viens, je te ramène au Caire.

Les rencontres de lutte libre entre l'Institut khédivial et le collège des Jésuites commencèrent à quinze heures précises, au milieu des acclamations et des sifflets des élèves. De sa cachette du sous-sol, Monsieur H. suivit distraitement deux ou trois matchs éliminatoires, qui lui parurent parfaitement sans intérêt. Addoula et Hammouda battaient facilement leurs concurrents, l'un par son adresse et sa science des prises, l'autre grâce à sa force et une certaine intuition des faiblesses de son adversaire.

Après trois rencontres respectives et l'élimination d'une demi-douzaine de lutteurs, Addoula et Hammouda se retrouvèrent en demi-finale en face des deux champions attitrés des Jésuites, un certain Boutros Ghali Rabia, un colosse de cent kilos, et un certain Mohammed Saïd Zoulfikar. La rencontre entre Addoula et ce dernier se traîna jusqu'à la fin sans beaucoup d'intérêt. Les deux champions étaient de force égale et Addoula gagna aux points, au milieu des protestations des élèves des jésuites et des acclamations des « khédiviaux ». C'était maintenant au néophyte Hammouda d'affronter le gigantesque Boutros. Monsieur H., toujours perché sur le toit de son carrosse, vit le préfet qui faisait une grimace et le proviseur qui se couvrait les yeux de la main en signe de découragement.

Hammouda grimpa sur l'estrade avec assurance, se mit en garde et chargea. A partir de ce moment, Henri Armellini commença bien malgré lui à se passionner pour la compétition : le jeu de Hammouda était devenu tout autre et ne ressemblait en rien aux affrontements statiques qui s'étaient succédé pendant tout l'après-midi. Hammouda se baissait, se relevait, accrochait le bras de son adversaire, le faisait tournoyer, le déséquilibrait et celui-ci avait du mal à se rétablir. Monsieur H. reconnut des prises de jiu-jitsu, d'autres qui relevaient de la lutte gréco-romaine et même un mouvement qu'il avait vu exécuter par des Japonais, une attaque foudroyante qu'ils appelaient *ochi-mata* : tout à coup Hammouda semblait posséder la science complète des arts martiaux et la cour se remplit des cris délirants de ses supporters. La rencontre prit fin rapidement : après une prise de bras roulé plus rapide que les autres, le brave Boutros s'étala sur le dos et les tarbouches des « khédiviaux » volèrent dans les airs.

– Dommage de devoir supprimer un lutteur pareil, se dit Monsieur H. Il aurait fait un excellent garde du corps.

La finale entre Hammouda et Addoula devait avoir lieu le lendemain, en présence du khédive. On aurait pu croire que cet affrontement entre deux élèves de la même école ne présentait pas beaucoup d'intérêt, sauf sur le plan purement sportif. C'était mal connaître Addoula, qui avait suivi avec colère l'exhibition de Hammouda. Armellini, fin connaisseur de la nature humaine, avait observé de sa cachette les expressions qui

s'étaient succédé sur le visage du champion du Caire et avait remarqué ses grimaces, sa pâleur, la rage concentrée dans son regard et son expression morose quand Hammouda avait triomphalement gagné la demi-finale. Ce garçon, pensa Monsieur H., était prêt à tout pour ne pas perdre son titre.

– Toi, tu pourras m'être utile, mon gars, marmonna Armellini avec un sourire rusé.

Il descendit du toit du carrosse et s'apprêta à faire un petit somme sur ses coussins poussiéreux, en attendant la nuit.

Les ouvriers et les employés du musée avaient participé à l'inquiétude du directeur et accueillirent avec joie son retour en compagnie de Rami. Alain Dupré ne perdit pas de temps et alla frapper tout de suite à la porte du bureau de Gaston Maspero.

– Rami est revenu, annonça-t-il en entrant. Je l'ai trouvé dans les alentours de Sekhem.

Maspero leva la tête de ses papiers :

– Sekhem ? Mais il n'en reste aucune trace !

Rami fit un pas en avant :

– Oh, si, monsieur. Elle existe bel et bien ! C'est une grande ville, très moderne, et ses habitants ont des connaissances prodigieuses.

Maspero souleva les sourcils :

– Des connaissances ? Mon enfant, tes hallucinations te ramènent à une époque primitive, préhistorique. C'est à peine si, en ce temps-là, les Égyptiens savaient fabriquer des poteries.

Rami baissa les paupières et se tut.

– De toute manière, continua Maspero avec condescendance, les phénomènes dont tu es le… le… protagoniste sont vraiment très intéressants, mon petit.

Il se tourna vers le directeur :

– Alain, soyez assez aimable pour transcrire tout ce que ce garçon vous racontera. Je lirai avec plaisir votre rapport.

– Vous l'aurez au plus tôt. Allons-y, Rami.

– M. Maspero ne croit pas un mot de ce que nous lui disons, marmonna le directeur avec une pointe de dépit. Que faut-il de plus pour qu'il admette qu'il se trompe ?

Ils traversaient la galerie ouest, presque complètement terminée. Statues, stèles et colonnes se dressaient à leur place définitive, celle où des millions de visiteurs pourraient les admirer dans les années à venir. Rami sourit :

– Peut-être faut-il qu'il en soit ainsi.

– Que dis-tu ?

– Peut-être est-il inévitable que M. Maspero ne nous croie pas. C'est un scientifique, il lui faut des preuves, et je ne peux lui en donner.

Alain Dupré s'arrêta et s'adressa à Rami :

– Tu parles… tu parles toi-même comme un scientifique, Rami. Que t'est-il arrivé ?

– Je ne sais pas. C'est comme si toute la connaissance du Dépositaire des Secrets s'était glissée dans mon cerveau. Mais il y a des choses que je peux vous dire, et d'autres non.

— Qui est le Dépositaire des Secrets, Rami ?

— Voilà une des choses que je ne peux pas vous révéler, monsieur. Pas encore.

Ils entrèrent dans le laboratoire, suivis par Ringo. Le soleil couchant embrasait les fenêtres et faisait briller les vitres qui protégeaient les papyrus.

— Raconte-moi quand-même tout ce que tu peux, dit le directeur.

— Oui, monsieur. Voilà : le peuple de Sekhem est en danger, il est assiégé par les Serviteurs de Seth, qui ont détruit les champs, asséché les sources, semé la haine et le sang. Ma mission est de le conduire sur l'autre rive du Nil, où il fondera une nouvelle cité. Cette ville nouvelle sera la gardienne de la Vérité, dans les siècles à venir.

Alain Dupré avait saisi une feuille et transcrivait rapidement les paroles de Rami.

— Quand le dernier habitant aura quitté la ville, continua Rami, Sekhem sera détruite et il n'en restera aucune trace. La terre tremblera jusque dans les provinces les plus lointaines et un grand nuage se formera dans le ciel. Les clans seront terrorisés, et les guerriers de Seth n'oseront pas nous attaquer.

— Comment s'appellera la nouvelle ville ?

— Au début, les gens l'appelleront Iounou. Puis son nom deviendra On, et, plus tard encore, Héliopolis.

Le directeur cessa d'écrire et secoua la tête.

— Seigneur ! Mais à quelle époque es-tu remonté, Rami ? Avant la fondation de On ?

— Je me suis trouvé à une époque qui ne laissera aucune trace, sauf la Vérité, monsieur. Il vaut mieux que vous gardiez le secret, pour ne pas être critiqué par vos collègues.

– Je le pense aussi. Comment comptes-tu retourner là-bas ?

Rami sourit :

– Quand le moment sera venu, nous recevrons un signe, monsieur.

13

La nuit, l'Institut khédivial reprenait l'aspect sinistre qu'il avait eu autrefois, quand il était une caserne : les enjolivures de la façade disparaissaient dans le noir et sa masse se découpait, hautaine, dans le ciel. La cour n'était éclairée que par deux ampoules de faible intensité, l'une placée au-dessus du portail qui donnait sur la place d'Abdine, et l'autre sur celui qui ouvrait sur la rue Emad-el-Dine. Les portes étaient cadenassées à partir du coucher du soleil, mais Monsieur H. avait eu tout le temps d'explorer le sous-sol et avait repéré la sortie qui lui permettrait de quitter les lieux avant l'aube en compagnie de Hammouda : une sorte de soupirail, caché derrière de vieilles armoires, conduisait à un couloir qui à son tour ouvrait sur une ruelle secondaire par une porte couverte de toiles d'araignées. Monsieur H. réussit à ouvrir les lourds cadenas rouillés grâce à une cisaille, extraite, on l'imagine, de l'inépuisable besace. Puis il referma le battant, pour ne pas attirer l'attention des *boulouq nizam**, les gardes nocturnes qui patrouillaient en ville pendant la nuit. Lui-même avait prévu l'éventualité de se déguiser en *nizam*, si les circonstances l'exigaient. Il suffisait pour cela qu'il enlève sa veste noire, fourre le bout de ses pantalons dans ses chaussettes, et se couvre la tête avec un bonnet noir, haut et pointu, dont il n'avait pas manqué de se munir. Pour réussir la première partie de son plan, pourtant, le costume de professeur était plus indiqué : c'est donc vêtu de noir, des lunettes dorées sur le nez et la tête recouverte d'un tarbouche que Monsieur H. sortit du sous-sol et commença à gravir l'escalier d'honneur vers le dortoir des grands.

Dans la clarté incertaine des étoiles, les couloirs de l'Institut khédivial étaient lugubres. Le moindre bruit y résonnait comme dans une crypte et le vent s'y engouffrait parfois avec des gémissements d'âme en peine. De sinistres légendes circulaient sur des élèves disparus et des fantômes sanguinaires qui suçaient le cerveau de leurs victimes juste à la veille des examens. La nuit, les petits n'osaient pas se rendre aux toilettes, qui étaient situées à leur extrémité sud, et les grands se mettaient au défi de les parcourir sans céder à la panique. Monsieur H. était parfaitement au courant de tout cela. Chaque fois qu'il préparait un coup, il s'informait des moindres détails concernant les lieux et les personnes et, en bon stratège, mettait toujours à profit ses connaissances. Il savait donc qu'il avait peu de risques de rencontrer âme qui vive pendant sa promenade nocturne. Il savait aussi que Hammouda et Addoula dormaient dans un dortoir réservé aux athlètes, dont la porte était marquée de la lettre A. Il ne serait pas facile de s'emparer d'un costaud comme Hammouda sans réveiller tout l'Institut, mais

Monsieur H. avait décidé de mettre à profit la haine évidente d'Addoula pour son adversaire pour surmonter cette difficulté.

Le lit d'Addoula se trouvait près de la porte : Monsieur H. reconnut le champion à son nez en trompette, qui émergeait des draps et laissait échapper des ronflements sonores. Il le réveilla sans faire de bruit.

– Je viens de la part du khédive, dit-il à voix basse. Suis-moi.

Encore à moitié endormi, ahuri et tremblant, Addoula se glissa hors de son lit et suivit le « professeur » inconnu dans le couloir. Des pensées tumultueuses tournoyaient dans sa tête, parmi lesquelles dominait la certitude que sa dernière heure était venue. Quelle ne fut sa surprise quand il entendit l'homme en noir lui murmurer à l'oreille :

– Son Altesse a parié sur toi et naturellement elle ne peut perdre son pari. Hammouda doit disparaître. Oh, n'aie pas peur : juste le temps du match. Il réapparaîtra dès que tu auras été proclamé vainqueur par forfait.

– Je suis... je suis l'humble serviteur de Son Altesse, bégaya Addoula. Que voulez-vous que je fasse ?

– Tu dois m'aider à convaincre ton adversaire. Va le chercher et dis-lui que le professeur Henri veut lui parler.

Addoula fit « oui » de la tête et retourna au dortoir. Monsieur H. se plaça à côté de la porte et plongea la main dans sa besace, d'où il sortit une petite bouteille et un mouchoir plié. Il versa le contenu de la bouteille sur le mouchoir et attendit. Une minute plus tard, Addoula sortit, suivi de Hammouda qui se frottait les yeux. Les deux garçons s'arrêtèrent sur le seuil : où donc était passé le mystérieux professeur ? Le temps de se retourner, et Monsieur H. pressait déjà fortement le mouchoir imbibé de chloroforme sur la figure de Hammouda, qui s'affala immédiatement entre les bras d'Addoula.

– Que faites-vous ? chuchota ce dernier, effaré.

– Rien du tout, susurra Henri Armellini. Je convaincs ton ami. Voilà : il est tout à fait convaincu, maintenant. Vite, installe-le sur mon dos.

Addoula, rendu amorphe par l'étonnement, s'exécuta sans un mot et aida Monsieur H. à charger Hammouda sur son dos. Il les regarda pendant qu'ils s'éloignaient dans le couloir : le « professeur » trébuchait un peu sous le poids de Hammouda, dont les jambes, molles comme celles d'une poupée de son, touchaient presque le sol. Puis ils commencèrent à descendre l'escalier d'honneur et disparurent sans faire le moindre bruit.

Un *boulouq nizam* de taille plutôt petite émergea d'une porte condamnée de l'Institut khédivial en serrant contre lui un jeune homme en *gallabieh* qui semblait avoir bu plus que de raison. L'étrange couple avança en zigzaguant le long de la ruelle et parvint sur la place d'Abdine, où le *boulouq nizam* émit un sifflet strident. Un fiacre s'ébranla et sortit de l'ombre. Il était conduit par un homme grand et maigre, à la mine patibulaire, dont le tarbouche pendait sur l'oreille gauche.

– Allons, Ghelda, aide-moi à hisser ce cochon de lait dans la voiture.

Ghelda sauta à terre et prit Hammouda par les

épaules, pendant que Monsieur H. lui saisissait les pieds. Après maintes contorsions, ils réussirent à introduire Hammouda à l'intérieur du fiacre.

– Je croyais que vous n'alliez jamais réapparaître, grogna Ghelda. Pourquoi avez-vous emporté le cadavre ?

– Ce lourdaud n'est pas mort, il est seulement endormi.

– Ah ! Et pourquoi ? Vous vous êtes converti aux bonnes manières ?

Monsieur H. gifla Ghelda à toute volée :

– Je t'apprendrai, idiot, à faire de l'esprit à mes dépens.

– Je regrette, balbutia Ghelda. C'est que... j'y comprends rien.

– L'autre, le petit, n'était pas parmi les élèves. Il faut que cet imbécile parle et me dise où se cache son ami.

Monsieur H. se tourna alors vers Hammouda et resta bouche bée. Son prisonnier s'était redressé sur son séant et le fixait avec des yeux féroces. Avant de se rendre compte de ce qui lui arrivait, Henri Armellini se trouva catapulté sur la chaussée par un formidable coup de pied. Un bolide sortit du fiacre, le releva du sol par le col de sa chemise, lui asséna un droit à la mâchoire et un crochet du gauche au plexus solaire. Pendant que Monsieur H. s'affalait à terre, le bolide tournoya sur lui-même et envoya son pied dans la face de Ghelda, en une superbe figure de karaté. Pendant que Ghelda s'étalait à terre à son tour, Hammouda s'emparait des rênes et poussait un ho ! retentissant. Les vieux chevaux du fiacre se cabrèrent comme des pur-sang, puis détalèrent à toute vitesse dans les rues noires de la ville. Les rares passants qui

virent passer l'attelage affirmèrent par la suite qu'il était conduit par un *ghenn** qui crachait du feu et qui lançait des imprécations dans une langue incompréhensible.

Rami, Ringo et le directeur partirent pour Sakkara à l'aube, avec le break de la Mission archéologique française. L'archéologue voulait prendre des dispositions pour l'ouverture du sarcophage d'Hor Hotep, qui nécessiterait l'usage d'une grue, étant données les dimensions et le poids du couvercle. Pour faire entrer la machine dans le tombeau, il fallait ouvrir un nouvel accès en pente douce, un travail délicat qu'Alain Dupré voulait superviser personnellement.

Rami ne tenait pas en place d'impatience : il allait revoir son village, son frère, et surtout sa bien-aimée Nefissa, qui n'avait jamais quitté ses pensées, même pendant ses étonnants voyages dans le passé. Quand il se trouvait de « l'autre côté », Nefissa s'appelait Neftis Titi, mais c'était toujours la même fillette, espiègle et intelligente.

– Nefissa doit étudier, dit tout à coup Rami tandis que les chevaux du break tournaient sur l'allée conduisant à Sakkara et qu'à leur droite se découpaient les silhouettes des trois pyramides de Gizeh.

– Tu as raison. On pourrait l'inscrire au Sacré-Cœur, à Ghamra. C'est un excellent pensionnat, tenu par des religieuses.

– Je vous remercie, monsieur, répondit Rami qui regardait la pyramide de Kheops dressant sa masse colossale à moins d'un kilomètre.

– Une bonne partie des connaissances du peuple de Sekhem sont inscrites dans ces pierres, poursuivit-il à mi-voix, comme s'il se parlait à lui-même. Les Sages de On n'ont rien oublié.

Le directeur suivit son regard.

– Beaucoup d'archéologues pensent que la Grande Pyramide est un réceptacle de secrets. Personne ne sait exactement comment elle a pu être construite, avec des pierres si lourdes. On se contente de formuler des hypothèses.

– Le peuple de Sekhem savait comment annuler la pesanteur, expliqua Rami. On créait un champ de force autour des pierres, ce qui les rendait douze fois et demi plus légères.

Le directeur écarquilla les yeux et se tut. Les chevaux trottaient à bonne allure et dans moins d'une heure, ils verraient pointer sur les collines la pyramide à degrés de Sakkara.

Mais à la hauteur du village de Harraneia, il croisèrent une calèche lancée à toute allure, dans laquelle ils reconnurent le *maamour* de Mit Rehina, accompagné de deux soldats. Presque immédiatement le break et la calèche s'arrêtèrent, cette dernière fit demi-tour, pendant que le *maamour* faisait des signes désespérés :

– Monsieur le directeur, attendez… attendez !

Alain Dupré descendit du break et se dirigea vers la calèche. Le *maamour* le rejoignit, tout essoufflé :

– Monsieur Dupré, je venais justement vous chercher. J'essaye depuis hier de vous téléphoner, mais les lignes entre Sakkara et le Caire sont coupées !

– Il est arrivé quelque chose ?

– Il est arrivé des tas de choses, monsieur, des calamités, des désastres ! Le tombeau a été profané et le village se croit la proie des *ghoul* !

14

Quand le directeur et Rami arrivèrent à Mit Rehina, un étrange spectacle les attendait : la population du village tout entière avait abandonné les maisons et s'était rassemblée dans la palmeraie. On avait placé des tentes, des bancs, des nattes entre les troncs des palmiers, les femmes avaient allumé des feux et cuisinaient. Des enfants couraient partout en criant, heureux du changement, mais les hommes étaient assis sous une toiture de joncs tressés et leurs mines étaient sombres. Quand le break entra dans la palmeraie, ils se levèrent et vinrent à la rencontre des nouveaux venus.

Le doyen du village, le cheikh Mansi parla le premier :
– Bonjour, monsieur le directeur. Bonjour Rami. C'est bien que vous soyez venus, il faut que vous mettiez fin à cette calamité !
– Allons, cheikh Mansi, intervint le *maamour* qui venait d'arriver dans sa calèche, vous êtes un homme instruit, le doyen du village. Vous n'allez pas ajouter foi à ces superstitions !…
– Après Dieu tout-puissant, je ne crois qu'à ce que je

vois, répliqua le cheikh Mansi. Depuis que ce tombeau a été ouvert, les *ghoul* et les *afrit** se sont déchaînés et ce matin ils ont failli nous tuer.

– Que s'est-il passé ?

– Les maisons se sont mises à danser et les poissons-chats sont sortis du canal, cria le cheikh Abdel Ghelil qui tremblait comme une feuille.

– Les dattes sont tombées toutes seules des palmiers, ajouta l'oncle Garghir, le joueur de trombone.

– Mon banc s'est mis à marcher et a traversé la rue, gémit oncle Darwiche.

Le frère de Rami, Raafat, fit un pas en avant :

– Monsieur, je crois que nous avons eu un petit tremblement de terre. C'est ce que j'essaye de leur expliquer depuis ce matin.

– Tremblement de terre ou pas, ces choses n'arrivaient pas avant qu'on ouvre le tombeau, coupa le cheikh Mansi.

– Mais le tombeau est fermé depuis des mois, intervint le directeur étonné.

– En fait, balbutia le *maamour*, il y a une semaine, les gardes l'ont trouvé ouvert. Il le referment, monsieur, mais pendant la nuit quelqu'un… ou quelque chose… ouvre de nouveau la trappe scellée.

Le directeur sourcilla :

– Bizarre. Et les gardes n'ont rien vu ? Rien entendu ?

Le *maamour* le prit à part :

– Je dois vous avouer, monsieur, que les gardes aussi sont terrorisés. Ils entendent des voix et des bruits de lutte qui viennent de sous la terre : des piétinements, des coups, des gémissements. Je ne sais plus que faire, monsieur, la police n'est pas censée lutter contre le surnaturel !

Le directeur chercha du regard Rami et Ringo : comme il pouvait s'y attendre, ils étaient sous un palmier en compagnie de Nefissa.

– Je vais aller au chantier pour essayer de comprendre ce qui se passe, dit-il au *maamour*.

Le directeur appela Rami et le chien, et ils remontèrent dans le break. Il secoua les rênes et l'attelage se dirigea vers les collines.

– Nefissa m'a dit que des étrangers rôdent dans le désert et que deux drôles de personnages sont venus nous chercher, Hammouda et moi, dit Rami.

– Ce sont sûrement les hommes de ce satané Armellini !

– Mais nous ne sommes plus au village, et il n'y plus rien dans le tombeau. Que viennent-ils faire ici ?

– Je n'en sais rien, Rami.

Tiré par ses robustes chevaux, le break grimpa vers le sommet de la colline, puis tourna vers le sud et commença à descendre en direction du chantier. Ils voyaient déjà les gardes, groupés à l'ombre d'une toiture. Le rayes Atris, le nouveau chef de chantier qui avait remplacé le défunt Noubar, était assis avec eux : grâce à une étrange prescience, commune à beaucoup d'hommes de son appartenance, il « savait » que M. Dupré viendrait ce jour-là. Il courut à sa rencontre :

– Monsieur, vous nous avez manqué ! Votre absence a été dure à nos cœurs !

– Salut, rayes Atris, salut, messieurs, répondit le directeur.

La trappe qui fermait le tombeau paraissait telle qu'il l'avait laissée la dernière fois, des mois auparavant, avec ses sceaux et ses poinçons intacts. Mais le rayes Atris secoua la tête : le *maamour* venait de poser de nouveaux sceaux le matin même, après que la trappe eut été ouverte pour la quatrième fois par une « force mystérieuse ».

– Quelqu'un d'entre vous est entré dans la tombe ?
– Oh, non, monsieur, répondit le rayes Atris.
– Eh bien, ouvrez. On verra bien de quoi il s'agit.

Le rayes Atris fit sauter les cachets de laque rouge, coupa les fils de fer retenus par les poinçons, et souleva la trappe. Un air froid, à la forte odeur de moisi, leur souffla au visage, et Ringo se mit à gémir.

– Vous voyez, monsieur, même le chien sent des « présences » !

Le directeur haussa les épaules sans répondre. Après s'être muni d'une torche, il se glissa dans la trappe et commença à descendre. Rami le suivit, mais Ringo s'assit au bord de l'ouverture, posa son museau sur ses pattes de devant et les regarda disparaître sous terre d'un air désabusé. Le rayes Atris aussi décida de rester à la surface. C'était un homme courageux, mais il préférait ne pas se mesurer aux *ghoul* et aux djinns.

Le directeur déboucha dans la première chambre, celle qui précédait la salle du sarcophage, et projeta sur les parois le faisceau de sa torche. Tout d'abord il n'en crut pas ses yeux. Jamais, au grand jamais, il n'aurait pu imaginer de retrouver dans un tel état une tombe qu'il avait confiée à la surveillance de la police : les parois, un temps couvertes de merveilleuses peintures aux couleurs vives, avaient été martelées et détruites : il n'en restait plus rien, que la roche brute dans laquelle la tombe avait été creusée. Le directeur serra les dents et avança vers la salle du sarcophage. Là aussi le désastre était complet : tout signe décoratif, tout bas-relief, toute inscription gravée dans les parois avaient été effacés à coups de marteau. Le sarcophage en albâtre d'Hor Hotep, dont il avait commencé à déchiffrer les inscriptions quelques mois auparavant, était couvert d'encoches et d'entailles, et les hiéroglyphes qui le recouvraient avaient disparu. Le directeur se tourna vers Rami, désemparé :

– Qui a bien pu faire cela ? Et pourquoi ?

– Les hommes de Monsieur H., peut-être ? suggéra Rami, sans beaucoup de conviction.

– Non, je ne crois pas. Armellini leur aurait ordonné de découper des pièces des bas-reliefs pour les revendre à des collectionneurs. Ceci est l'œuvre de barbares, de vandales sans conscience et sans intelligence. C'est une honte. Le *maamour* devra s'expliquer avec le service des antiquités.

– Monsieur, vous n'avez pas remarqué quelque chose ? questionna Rami.

– Non, quoi ?

– Le sol est propre. Il n'y a aucune trace de gravats sur le sable.

Le directeur dirigea la torche vers le sol et balaya la salle dans tous ses recoins. Puis il s'assit par terre, le dos appuyé au sarcophage, et secoua la tête.

– Tu as raison. Je ne comprends plus rien. Pourquoi se

donner la peine de tout enlever, de nettoyer complètement la place ? Tout cela est absurde. Absurde !

Une voix retentit dans les profondeurs de la tombe :

– Monsieur… monsieur !

Et le *maamour* parut sur le seuil, couvert de transpiration, son tarbouche posé sur un mouchoir à carreau qui lui flottait sur le cou :

– Nous les avons trouvés, monsieur… nous avons trouvé les coupables !

Ils sortirent tous à l'air libre. Le chantier s'était rempli d'imposantes forces de police qui encadraient quatre jeunes paysans ligotés les uns aux autres par des chaînes, les poignets entravés par des menottes.

– Voilà les coupables, reprit le *maamour* avec fierté. Des fainéants, des dévoyés que j'avais à l'œil depuis longtemps.

Le directeur observa les prisonniers, puis se tourna vers le *maamour* :

– Je veux bien croire que ces jeunes gens sont les coupables, comme vous le dites. Mais cela n'explique pas comment ils ont pu déjouer la surveillance de vos hommes, monsieur le *maamour*. Auraient-ils le don de se rendre invisibles ?

Le *maamour* pâlit visiblement et murmura rapidement des conjurations :

– Monsieur, je suis incapable de vous donner une explication logique de ce qui est arrivé. Mes hommes n'ont jamais interrompu la surveillance de la zone et ne quittaient pas la trappe des yeux.

– Et pourtant le tombeau a été saccagé, indiqua le directeur furieux, à la barbe de vos gardes !

– Saccagé ? hurla le *maamour*.

– Êtes-vous aveugle, monsieur ? Le tombeau a été démoli. Dévasté. Il ne reste plus une seule fresque ni une seule inscription. Tout a été détruit à coups de marteau !

Le visage du *maamour* exprima le plus grand étonnement, mais il resta muet, se contentant de secouer la tête. Il emboucha son sifflet, donna un signal, et les policiers s'ébranlèrent, entraînant les quatre prisonniers.

– L'enquête suivra son cours, assura le *maamour* en claquant les talons et en s'inclinant cérémonieusement.

Son visage était fermé et dans sa voix perçait un certain ressentiment.

Les jours de fête, il régnait un grand laisser-aller à l'Institut khédivial : les élèves étaient libres et flânaient par petits groupes dans les jardins et la cour. Étant données ces circonstances, ce n'est qu'en fin de matinée que le surveillant Dardiri s'aperçut de l'absence de Hammouda.

– Où est ton camarade ? demanda-t-il à Addoula.

– Je n'en sais rien, marmonna celui-ci. Je ne l'ai pas vu, ce matin.

Dardiri courut au dortoir, chercha dans les douches, fouilla le jardin : pas de traces de Hammouda. Sa figure devenait de plus en plus longue et verdâtre : le khédive allait arriver dans moins de trois heures pour assister au match et un des champions manquait à l'appel ! Il courut avertir le préfet Moyïn, qui à son tour se précipita chez le proviseur. En un clin d'œil, l'Institut fut sens dessus dessous. On chercha partout, même au sous-sol, et on

constata enfin que quelqu'un était récemment passé par une vieille porte condamnée, dont tous, y compris le proviseur, avaient oublié l'existence.

On ne plaisantait pas avec les colères du khédive Abbas : il était donc exclu qu'on lui avoue la disparition mystérieuse d'un de ses protégés, surtout après les recommandations pressantes de M. le surintendant général Dupré. Le proviseur, le préfet et le surveillant Dardiri s'enfermèrent dans le bureau pour réfléchir à un plan qui leur sauverait la face... et le cou. Ils en sortirent une heure après, ayant décidé de se procurer au plus vite un sosie du nommé Hammouda, pour qu'il joue le rôle de l'élève absent. Dardiri avait proposé un sien neveu qui était, à l'entendre, aussi gros et stupide que le disparu et qui, moyennant finances, accepterait de monter sur l'estrade et de se faire battre par Addoula. On l'envoya chercher immédiatement. Le malheureux garçon, aide-épicier de son métier, répondait au nom de Bibi et ressemblait vaguement à Hammouda, mais était absolument incapable de saisir ce qu'on attendait de lui. Quand il comprit enfin qu'il aurait à affronter un champion de lutte libre en présence du khédive en personne, il se mit à transpirer et à trembler et à secouer frénétiquement la tête de droite à gauche en signe de refus. Il fallut toute la force persuasive de son oncle Dardiri, qui se manifesta par deux gifles retentissantes, pour l'obliger à enfiler le maillot à bretelles et les chaussures à lacets du champion absent.

15

– Salut, maman, lança Hammouda.

Le femme leva la tête et sa figure s'illumina :

– Mon petit, mon enfant ! Tu es revenu !

Hammouda sauta du fiacre et serra sa mère dans ses bras.

– Où sont passés les gens ? J'ai traversé le village, il était désert !

– Ils ont eu peur des djinns et sont allés se réfugier dans la palmeraie, expliqua omm Hammouda.

– Et toi, mère ? tu n'as pas peur ?

– Oh si, mais je devais ramasser les poissons-chats sur les rives du canal. Il y en avait tellement ! Ç'aurait été dommage de les laisser aux pélicans.

– Tu as bien fait, mère. J'adore tes poissons frits.

– Je vais te les préparer tout de suite, mon fils.

– Compte deux invités de plus, mère, dit Hammouda. Deux invités importants.

– Qui ?

– Le directeur et Rami. Je sais qu'ils sont dans les parages. Je vais aller les chercher. J'ai un message pour eux.

– Quel message, mon fils ?

Hammouda fit une grimace et secoua la tête :

– Je n'en sais rien, maman.

Il laissa son attelage à l'ombre d'un arbre et se dirigea au pas de course vers les collines. Depuis qu'il s'était réveillé dans le fiacre et s'était trouvé en face de Monsieur H., il sentait ses muscles parcourus par une force extraordinaire. Ça avait été un jeu d'enfant de se débarrasser du dangereux criminel et de son complice. Et voilà maintenant qu'il courait vers le sommet de la colline avec autant de rapidité et de souplesse qu'un animal sauvage, le corps léger et puissant. Et son cerveau aussi fonctionnait comme une machine bien huilée, suscitant des pensées claires et précises, qui naissaient spontanément dans sa tête, d'habitude plutôt vide. C'était beau d'être fort et rapide, mais c'était encore plus beau de « penser », d'ordonner ses idées comme les pièces d'un puzzle, pour « déduire », « comprendre », et voir le monde avec des yeux nouveaux. Une de ces pensées – Hammouda ne connaissait pas encore le mot « intuition » – lui disait qu'il retrouverait Rami, Ringo et le directeur sur la crête de la colline et qu'il les aiderait dans une situation pénible, dont il ne connaissait pas la nature exacte. Et en effet, c'était bien eux qui venaient vers lui dans une grande voiture traînée par deux robustes chevaux, ils paraissaient fatigués et sombres.

– Hammouda ! s'écria le directeur. Que fais-tu là ?

– Je viens de la part du Dépositaire des Secrets, s'entendit énoncer Hammouda. Il vous demande de ne pas croire vos yeux, monsieur, et tout s'arrangera.

Rami et le directeur le fixèrent, muets.

– Tu ne saurais pas, par hasard, qui a détruit la tombe d'Hor Hotep ? demanda enfin le directeur, après avoir décidé de ne plus s'étonner de rien.

La réponse se forma immédiatement dans la tête de Hammouda :

– Les forces du Mal. Elles sont partout, monsieur, mais la Vérité est plus forte.

– Puisque tu le dis, grommela le directeur sans beaucoup de conviction. Allez, grimpe !

Pendant qu'ils descendaient vers la plaine, l'effervescence mentale de Hammouda se calma graduellement et il commença à percevoir les aiguillons de la faim.

– Monsieur, ma mère a fait des poissons frits, voudriez-vous en goûter ?

– Avec plaisir, Hammouda, ça nous changera les idées.

Le break arriva bientôt à l'humble bicoque de omm Hammouda, qui avait préparé un magnifique déjeuner à base de poissons bien dorés à l'huile de sésame, de salades et de galettes tout droit sorties du four. Ils s'assirent par terre, à l'ombre d'un arbre, et des feuilles de bananier servirent d'assiettes. Le repas était appétissant, l'air pur et la compagnie agréable. Le directeur avait résolu d'oublier pour une heure ou deux le sieur Hor Hotep et les étranges phénomènes qui lui étaient attachés, Rami et Hammouda semblaient redevenus deux garçons sans histoire (à part leur formidable appétit) et même Ringo ne laissait plus pendre sa queue à la manière d'Anubis. Hélas ! Une heure ne s'était pas écoulée que Hammouda commença à donner des signes d'agitation et

à prononcer des phrases incohérentes, les yeux perdus dans le vague.

– Je ne vais pas laisser cette ordure profiter de son crime – Oui, Bibi fera l'affaire – Maître, il faut m'aider – Oui, je sais que c'est une bêtise, mais... – Merci, Maître.

– Que Dieu protège ton intellect, mon fils, lança omm Hammouda, perplexe. Tu parles tout seul, maintenant ?

– Ne vous inquiétez pas, omm Hammouda, intervint le directeur, cela nous arrive aussi. Trop de travail, ces temps-ci.

Il se leva, prit le bras de Hammouda et le conduisit à l'écart :

– Que t'arrive-t-il, Hammouda ? tu te sens bien ?

Hammouda sourit :

– Je ne me suis jamais senti aussi bien de ma vie.

A cet instant précis, dans la cour de l'Institut khédivial, Bibi, le neveu de Dardiri, gravissait les marches conduisant au ring dans un état d'âme proche de celui d'un condamné montant vers l'échafaud. Il voyait comme à travers une brume les élèves rangés sur les gradins, le parterre des parents et des professeurs et, juste sous l'estrade, son oncle Dardiri qui lui faisait des signes d'encouragement bien inutiles. Surplombant tout le monde, sous un dais rouge couronné de bannières, trônait le khédive Abbas II, en compagnie du proviseur, du préfet et de quelques dignitaires de la Cour.

Dans un concert enthousiaste de cris et de sifflets, Addoula gravit l'escalier et monta à son tour sur l'estrade. Parmi tous les élèves, il était le seul à avoir été mis au courant du plan du proviseur, tandis qu'on avait laissé croire aux autres que Hammouda était malade à l'infirmerie et qu'on avait invité un champion étranger pour ne pas gâcher la fête du khédive.

Corcom effendi, l'entraîneur, fit un geste, et Addoula, la « terreur des lycées », enjamba les cordes et se mit à sautiller et à faire des flexions pour se chauffer, en saluant à droite et à gauche avec un sourire fat. Bibi éprouva des fourmillement dans les jambes et eut envie de pleurer. Que faisait-il dans cette galère ? Une cloche retentit et Corcom effendi le poussa en avant avec force.

Addoula l'empoigna et commença à le tordre comme il l'aurait fait d'une serpillière. Bibi sentit ses côtes s'aplatir et sa colonne vertébrale craquer sinistrement, mais ses jambes étaient aussi lourdes que des colonnes de granit et ses pieds restèrent collés au sol. Étonné,

Addoula lâcha la prise, recula, prit son élan en s'appuyant aux cordes et se précipita sur lui. Bibi fit face sans broncher. Mieux : cette fois il esquiva l'attaque d'un mouvement du buste et Addoula finit à quatre pattes au fond du ring. Le champion se releva et regarda, perplexe, son adversaire. Non, ce n'était pas le double de Hammouda qui se tenait en face de lui, c'était bien ce fils d'épicier qu'on avait fait venir en catastrophe pour cacher au khédive l'absence de son protégé. Et pourtant cet inconnu, ce lourdaud à moitié mort de peur avait l'audace de lui résister ! Bouillonnant de rage, Addoula fonça la tête la première vers l'abdomen du gros garçon, mais l'impact lui fit pousser un cri, pendant que des gerbes d'étincelles éclataient devant ses yeux : ce ventre était aussi dur que de la pierre ! Il vacilla à travers le ring en gémissant et se tenant le front des deux mains.

– Il triche, hurla-t-il. Il triche ! Il porte du fer sous son maillot !

Un murmure scandalisé parcourut la foule et l'arbitre se hâta vers Bibi.

– C'est pas vrai, brailla celui-ci. Je porte rien du tout !

– On verra bien, dit l'arbitre sévèrement, et il fit descendre les bretelles de son maillot, pendant que le pauvre Bibi se tortillait de honte. Son ventre rose et dodu parut, libre de tout carcan.

– Le concurrent ne cache rien sous son maillot, déclara l'arbitre. La rencontre peut recommencer.

Bibi remonta ses bretelles et se disposa à subir l'attaque de son adversaire. Il vit Addoula avancer vers lui avec des pas dansants, le dos courbe et les bras pliés : tout à coup il

« sut » qu'il fallait saisir son épaule droite, pivoter et se laisser choir, de manière à tomber juste sur son estomac. En moins d'une seconde, ce fut fait, et Addoula se trouva cloué au sol par un poids formidable, qu'aucune force humaine n'aurait pu déplacer d'un seul millimètre. Il haleta, il secoua frénétiquement les jambes et la tête, mais Bibi pesait sur lui comme une montagne et repoussait inexorablement ses épaules vers le sol. Addoula sentit contre ses omoplates la fraîcheur du linoléum, vit le bras de l'arbitre se lever vers le ciel et comprit qu'il avait perdu.

Dans la loge khédiviale, le proviseur Katkout et le préfet Moyïn semblaient pétrifiés, tandis que le khédive Abbas s'éventait avec son chasse-mouche et répétait avec complaisance :

– *Afarem*! afarem* !

– Je vous félicite, dit enfin le souverain en se retournant vers eux. Vous avez su transformer ce brave Hammouda en un véritable champion. Faites-le monter ici, je veux lui adresser mes compliments.

Le préfet se leva d'un bond et courut dans la cour pour appeler Bibi.

– Écoute-moi bien, insista-t-il quand il l'eut rejoint. Tu t'appelles Hammouda, mais pour l'instant ton nom est Ahmed, tu as bien compris ?

– Eh ? dit Bibi, pendant que le préfet le poussait vers la loge du khédive.

– Tiens, il me semble que ton nez a poussé, mon garçon, remarqua Abbas II quand le garçon épicier fut en sa présence. Et ta peau a blanchi, dirait-on. En tout cas, tu as lutté magnifiquement, avec intelligence et un sens très développé de la stratégie. Je prévois pour toi un brillant avenir dans mes forces de police.

– Moi, je préfère l'épicerie, grogna Bibi. On gagne mieux.

– Ha ! ha ! ha ! s'esclaffa le khédive, pendant que Moyïn effendi donnait un coup de pied dans la cheville de Bibi.

– On pourra toujours donner un commerce à ta mère, continua le khédive, mais toi, Hammouda, je te veux dans le gouvernement, quand le moment sera venu.

Bibi se retourna pour voir à

qui s'adressait le khédive, mais comme derrière lui il n'y avait personne, il précisa :

– Je m'appelle Bibi, moi.

Le préfet et le proviseur pâlirent, mais le khédive se pencha vers eux d'un air confidentiel :

– Magnifique ! Superbe ! J'avais oublié cette histoire de la fausse identité. Je vois que vous l'avez bien instruit en tout, je vous félicite. Et vous avez même réussi à changer son aspect ! L'Institut recevra un don substantiel, cette année. Quant à vous, Katkout effendi, à partir d'aujourd'hui vous porterez le titre de bey.

Ceci dit, le khédive se leva et descendit de sa loge, au milieu des applaudissements et des vivats. La fanfare joua l'hymne national. Dès que le souverain eut disparu, les musiciens enchaînèrent avec entrain des valses et des gavottes et on vit des grands danser sur l'estrade avec les jolies demoiselles présentes dans le public.

La journée se termina par un dîner pantagruélique agrémenté de feux d'artifice. Le proviseur arborait un visage épanoui, Dardiri ne tenait plus en place tant il était fier : son neveu avait sauvé l'Institut et, grâce à lui, monsieur le proviseur était devenu « Katkout bey ». La bonne humeur était générale – ou presque.

En fait, au même moment, dans le dortoir des athlètes, une violente discussion avait lieu entre Moyïn effendi et le champion déchu. Tous deux avaient de bonnes raisons pour broyer du noir. Le premier, parce que le khédive l'avait complètement ignoré et que le titre de bey donné au proviseur lui restait en travers de la gorge ; l'autre, parce qu'il ne pouvait pas admettre sa défaite devant un garçon d'épicerie qui n'avait jamais vu un ring de sa vie.

– Je vous répète, Moyïn effendi, que ce type que vous avez amené, ce Bibi de malheur, se transformait en statue chaque fois que je l'attaquais ! C'était de la sorcellerie !

– Tu es un garçon instruit, Addoula, tu ne devrais pas dire des sottises pareilles. Personne n'avait d'intérêt à te lancer un sort ! Je pense plutôt à la vengeance d'un djinn, que tu aurais offensé d'une manière ou d'une autre.

– Un djinn ?

– Oui, un djinn. Les djinns sont taquins et aiment se payer la tête des gens. Écoute-moi : je veux bien t'aider à démasquer la supercherie dont tu as été la victime, mais avant cela tu dois me raconter exactement ce que tu sais sur la disparition de Hammouda. Je suis convaincu que tu caches quelque chose.

– Je ne cache rien du tout, grogna Addoula. Il a disparu, voilà tout. Il a eu peur de m'affronter, sûrement, et il s'est enfui.

– Addoula, si tu veux que je t'aide, tu dois cesser de me raconter des bobards, dit rageusement Moyïn effendi.

– Et pourquoi m'aideriez-vous ? Vous avez sauvé la face devant le khédive, que voulez-vous de plus ?

– Je veux… je veux… je veux devenir bey, moi aussi. Je m'échine du matin au soir pour cet institut, et personne ne reconnaît mes mérites. Il est temps que cela change. Addoula, où est Hammouda ?

16

Avant de quitter Sakkara, le directeur voulut interroger les quatre prisonniers accusés d'avoir violé le tombeau d'Hor Hotep. C'était de jeunes villageois de Badrachein, une localité située près du Nil, de l'autre côté de la palmeraie. La rencontre eut lieu dans le poste de police de Mit Rehina, en présence du *maamour*. Les accusés affirmèrent avec force leur innocence : ils n'étaient jamais entrés dans la tombe, et surtout n'avaient jamais rien détruit à coups de marteau. Ils s'étaient tout simplement amusés à déjouer la surveillance des gardes et à ouvrir la trappe, par jeu, pour se distraire, voilà tout.

– Un soir, dit Samir, le plus âgé, nous étions assis au café et nous parlions de la chance qu'avait Mit Rehina d'être devenu célèbre grâce à ses pyramides et à son tombeau.

– Notre village, Badrachein, n'a pas cette chance, expliqua un autre, à moins que M. Petrie ne trouve quelque chose dans la palmeraie.

– Je ne sais pas comment, mais tout à coup nous nous

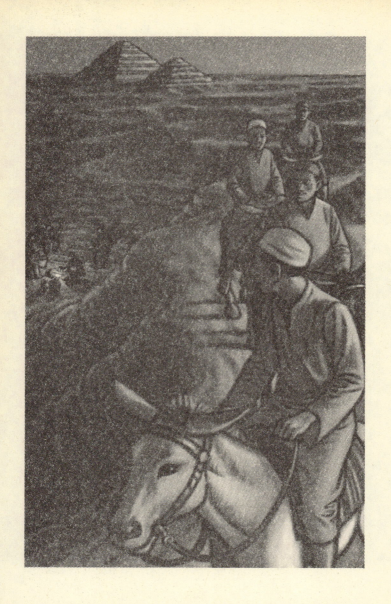

sommes retrouvés sur nos baudets, en chemin pour Sakkara, continua Samir.

– Et après ? demanda le directeur.

– Nous avons regardé le chantier du haut de la colline, et Nabil a dit à Hafiz qu'il le mettait au défi d'aller ouvrir la trappe sous les yeux des gardes.

– Je n'ai rien dit à personne, moi ! cria le nommé Nabil.

– Ça n'a pas d'importance, répliqua Samir. Le fait est que Hafiz est descendu et a brisé les cachets.

– Mais les gardes, que faisaient-ils ? Ils dormaient ?

Les quatre garçons se regardèrent, perplexes.

– N... non, monsieur.

– Mes *chaouiches* ne dorment jamais, affirma le *maamour* furieux

– Et alors, comment n'ont-ils pas vu Hafiz ?

Le nommé Hafiz se tortilla, embarrassé.

– Je ne sais pas, monsieur, dit-il. Je ne sais pas. Leurs yeux étaient tournés vers moi, mais probablement il faisait trop noir... Je ne sais pas.

– Et vous avez recommencé le soir suivant, et le soir d'après et ainsi de suite, par quatre fois ?

Les garçons baissèrent la tête.

– Oui, monsieur, dit enfin Samir. Chacun à son tour.

– Et vous affirmez ne pas être entrés dans la tombe ? Ne pas avoir détruit les fresques et les inscriptions ?

– Nous le jurons par le Prophète ! s'écrièrent-ils en chœur.

Le directeur rédigea et signa une dénonciation pour violation et destruction d'un site archéologique, et chargea le *maamour* de la transmettre au Caire.

— Je ne vous fais pas mes compliments, monsieur, dit-il à l'officier. Vous répondrez de ce désastre auprès de vos supérieurs !

Quand le directeur fut parti dans son break avec Rami et Ringo, le *maamour* se tourna vers le lieutenant Amr, bredouillant de rage :

— Je me demande pourquoi M. Dupré persiste à dire que la tombe a été saccagée ! Je suis entré là-dedans, moi, et la tombe était intacte. Tu comprends ce que je dis, Amr ? Intacte !

Vers minuit, Hammouda descendit de son fiacre devant l'Institut khédivial et donna une tape du plat de la main à la croupe du cheval de droite. L'attelage se remit en marche : les chevaux connaissent le chemin de leur écurie. Quand ils eurent disparu, Hammouda sonna à la porte.

— Qui est-ce ? brailla la voix nasillarde du surveillant Dardiri.

— C'est moi, Ahmed, répondit Hammouda.

Le portail s'ouvrit en grinçant et le surveillant souleva une lanterne vers le visage de Hammouda :

— Où étais-tu, chenapan ? Tu nous as causé des ennuis en cascade, fit Dardiri avec malveillance.

Le retour de Hammouda détruisait son espoir de voir Bibi devenir le sosie permanent du protégé du khédive.

— J'ai été enlevé, répliqua Hammouda, malgré toute votre surveillance sophistiquée.

Dardiri le regarda méchamment et se hâta à travers la cour, pour annoncer la nouvelle au proviseur. En chemin ils rencontrèrent le préfet Moyïn effendi qui trottinait vers eux en chemise et bonnet de nuit :

— Où allez-vous ? Vous êtes fous ? Réveiller le proviseur bey pour si peu ?

Le préfet repoussa Dardiri et attrapa Hammouda par le bras.

— Monte dans ton dortoir, mon garçon, ni vu ni connu. Demain tu te présenteras au proviseur et tu lui raconteras ton histoire.

Moyïn effendi suivit du regard Hammouda et Dardiri qui entraient l'un dans l'édifice principal du collège, l'autre dans les dépendances. Un sourire mauvais tordait sa face de pékinois, et des borborygmes sortaient de ses lèvres entrouvertes :

— Je vais te le montrer, Katkout, ton titre de bey ! Je vais t'apprendre, Katkout, à garder tout le gâteau pour toi !

Dans le dortoir des athlètes, tout le monde dormait profondément, sauf Bibi qui n'arrivait pas à s'habituer à sa nouvelle situation. Le nouveau champion des écoles était étendu sur le lit de Hammouda, les yeux ouverts dans le noir, regrettant amèrement son épicerie, quand une main énorme se posa sur son visage et un genou s'enfonça dans ses côtes. Bibi poussa un cri de terreur, auquel répondit une exclamation étouffée, pendant que des grognement de protestation s'élevaient un peu partout dans l'obscurité :

— Silence !
— Taisez-vous !

– On veut dormir !

Une voix chuchota à son oreille :

– Qui es-tu ? Que fais-tu dans mon lit ?

– Je suis Bibi, bégaya l'autre, glacé d'épouvante.

– On dirait que tu as pris ma place, Bibi, dit Hammouda.

– C'est pas ma faute, pleurnicha Bibi. On m'a obligé !

– Bien, console-toi. Je suis revenu, tu pourras rentrer chez toi.

– M. le proviseur m'avait promis des sous, mais on ne m'a rien donné. Je partirai pas avant d'avoir été payé.

– Ça suffit ! hurla une voix dans le noir, et elle fut suivie par un chœur d'invectives diverses.

– Tu seras payé, je te le promets, chuchota Hammouda. Comment s'est passé le match ?

– J'ai gagné, dit Bibi avec fierté.

– C'est bien ce que je pensais, ajouta Hammouda en rigolant. Maintenant pousse-toi un peu, que je puisse dormir, moi aussi.

Le directeur, Rami et Ringo arrivèrent au musée vers deux heures du matin. Alain Dupré ouvrit la porte secondaire de l'édifice, située à l'arrière, et s'effaça pour laisser passer le garçon et le chien. Puis il referma avec soin ce passage que personne n'empruntait jamais.

– Montons dormir, dit-il, on a eu une journée chargée.

Dès qu'ils furent arrivés dans leurs chambres, Rami enfila son pyjama, s'étendit sur son lit et sombra immédiatement dans un sommeil de plomb. Ringo se roula en boule à ses pieds et en fit autant. Alain Dupré sourit, secoua la tête et se dirigea sur la pointe des pieds vers le laboratoire. Pour l'instant, sa fatigue semblait s'être volatilisée et il désirait jeter un coup d'œil aux papyrus étalés sur sa table de travail. Il était très impatient de connaître leur contenu, qui lui permettrait peut-être de comprendre ce qui se passait autour de lui : malheureusement, il savait que pour pouvoir les lire enfin il faudrait un long et fastidieux travail de restauration et de nettoyage.

Les mystérieux feuillets étaient toujours à leur place, sous verre, et semblaient le narguer. Dupré s'assit devant la table, approcha une lampe pour mieux voir, se pencha sur le premier papyrus, celui qui commençait par l'invocation à Osiris... et fut submergé par un étonnement sans bornes : la feuille était propre et intègre, et les caractères qui y étaient tracés ressortaient clairement. Il examina rapidement les autres feuilles : les papyrus illisibles s'étaient transformés en un texte parfait et – à part quelques signes qui manquaient par-ci par-là – il n'aurait aucune difficulté à les lire en entier.

L'archéologue prit son front entre ses mains. Il éprouvait un trouble étrange qui lui enlevait toute envie de continuer sa lecture. Pour un homme habitué comme lui à se fonder sur des objets concrets et des réalités scientifiques, cette situation était particulièrement pénible. Il comprenait bien, maintenant, la persistante incrédulité du grand Gaston Maspero. Comment un savant de son envergure pouvait-il se laisser convaincre par ces histoires d'hallucinations, de télépathie et d'occultisme ? Dupré se demanda un instant, très sérieusement, s'il n'avait pas été frappé par ce qu'on appelait la « malédiction des pharaons », cet ensemble de forces mystérieuses qui conduisaient indifféremment à la folie ou à la mort les personnes qui avaient osé ouvrir un tombeau inviolé. Voilà, il était certainement en train de perdre la raison : il s'imaginait des choses, il inventait des situations qui n'existaient que dans sa tête. Rami, le tombeau d'Hor Hotep, les papyrus étaient-ils bien réels ? Peut-être étaient-ils un mélange de réalité et de délire, qu'il était désormais incapable de distinguer.

Le directeur se leva et sortit du laboratoire. L'aile gauche du premier étage, illuminée par le clair de lune, s'étendait devant lui, déserte et vide : c'était là qu'il aurait installé le trésor d'Hor Hotep, après en avoir étudié les différentes pièces. Il avait menti à Rami, pour son bien : le trésor ne se trouvait plus dans la grotte où Rami l'avait retrouvé, mais dans le sous-sol du musée. Il y avait été transporté dans le plus grand secret depuis plusieurs mois déjà, dans la crainte d'une attaque des hommes de Monsieur H. Les forces de police de Hélouan avaient en effet signalé à plusieurs reprises la présence de maraudeurs qui hantaient le plateau du Mokattam pendant les heures nocturnes et qui disparaissaient dans l'obscurité dès qu'on essayait de les attraper.

Le directeur poussa un soupir de découragement : il s'agissait certainement d'un de ses stupides égarements. Le trésor n'existait pas, il n'avait jamais existé, et le sous-sol du musée était probablement aussi vide que le jour où les derniers ouvriers avaient refermé sa porte, après avoir terminé leurs travaux.

Alain Dupré résolut d'en avoir le cœur net : il fit volte-face et commença à descendre l'escalier. Au rez-de-chaussée, l'obscurité était totale. Il chercha à tâtons un interrupteur, mais il eut beau tourner deux ou trois fois la petite clé en porcelaine, aucune ampoule ne s'alluma. Et pourtant, quand il était rentré avec Rami et Ringo une heure auparavant, le système électrique du musée fonctionnait à la perfection. Il décida de remonter dans sa chambre pour chercher une torche, mais à ce moment une main glacée saisit la sienne et une voix murmura à son oreille :

– Viens !

17

Le directeur n'était pas un homme facilement impressionnable, mais la sensation qu'il éprouvait au contact de cette main sèche, dure et froide, dans l'obscurité du musée désert, n'était pas pour lui plaire.

– Qui es-tu ? Que veux-tu ?

Pour toute réponse, la main serra encore plus énergiquement la sienne et l'entraîna avec une force à laquelle il lui était impossible de résister. D'après ce qu'il pouvait en juger, elle le conduisait à travers le hall nord vers la porte du sous-sol. Cette porte était généralement fermée à double tour et seuls Maspero et lui-même en possédaient la clé : pourtant il l'entendit s'ouvrir toute seule en tournant sur ses gonds avec un grincement plaintif. La main l'entraîna dans l'escalier, puis le lâcha brusquement.

Il se trouvait maintenant dans l'immense souterrain du musée, où flottait encore l'odeur de la chaux. Une lumière diffuse se répandait autour de lui, comme une aube incertaine, et le directeur commença à distinguer des silhouettes, une rangée de grandes statues bizarres alignées les unes à côté des autres comme pour une

parade solennelle, des corps d'hommes et de femmes surmontés d'une tête d'animal : il y avait Anubis à la tête de chacal, Horus à la tête de faucon, Hator avec sa tête de vache, et puis Sekhmet la lionne, Thot à la tête d'ibis, et d'autres encore avec un visage humain dont il ne parvenait pas à distinguer les traits à cause de la faible lumière, mais dont il devinait les noms même sans les voir : Isis, Osiris, Amenti, Maat, Rempet et vingt autres.

– Voilà le vrai trésor d'Hor Hotep, émit la voix derrière lui. Voilà les Vrais, les Grands, les Immortels.

Le directeur se tourna brusquement, mais ne vit personne.

– Et le plus grand est Seth, parce qu'il détient le pouvoir de la destruction, dit encore la voix. Tout le reste n'est qu'illusion, mensonge, égarement. Gloire à Seth.

Tout doucement, avec une lenteur infinie et un bruit sourd de meule, les statues tournèrent leurs têtes monstrueuses vers lui et le fixèrent de leurs yeux de pierre.

– Le plus grand est Seth, répéta la voix. Ne l'oublie pas. Je sais que…

Brusquement, la voix poussa un gémissement et se tut, comme étouffée par un bâillon. Avec des craquements, des grincements et de sourdes vibrations qui firent trembler le sol, les statues reprirent rapidement leur position première, puis s'évanouirent les unes après les autres. Le directeur entendit un bruit de pas dans l'escalier et la voix de Rami qui l'appelait :

– Monsieur, où êtes-vous ?

En même temps, la lumière électrique envahissait le sous-sol.

– Je suis là, répondit Dupré.

Il regardait autour de lui d'un air désemparé : les statues avaient disparu, le souterrain était complètement vide. Ça n'avait donc été encore qu'une illusion, une nouvelle manifestation de la folie qui couvait dans sa tête.

– Monsieur, qu'avez-vous ? demanda Rami en lui prenant la main.

La figure du directeur était aussi pâle que celle d'un mort.

– Je suis venu voir le trésor, murmura l'archéologue. Je suis venu m'assurer qu'il était bien ici. Mais je me trompais, il n'y a pas de trésor, il n'y a rien. Je suis malade, Rami. Je suis en train de perdre la raison.

– Le trésor d'Hor Hotep ? murmura Rami. Il était ici ?

Le directeur se mit à rire :

– Il n'y a pas de trésor, Rami, il n'a jamais existé. Nous avons rêvé, toi et moi. Tu te souviens de ce qu'on disait, quand nous l'avons trouvé ? On disait que j'étais devenu fou, que je délirais. Eh bien, ils avaient raison. Ils avaient tout à fait raison !

– Monsieur, le trésor existe, je l'ai vu dans la grotte. J'ai vu les vases, les amphores, les meubles, les coffres. J'ai vu les bracelets et les colliers, les statuettes et les amulettes. Vous aussi, vous avez vu tout cela, vous avez photographié chaque pièce… et si maintenant vous le niez, c'est qu'une force mauvaise vous empêche de vous en souvenir. Venez, monsieur, sortons d'ici. Vous êtes fatigué, vous devez dormir. Demain, tout va s'arranger, vous verrez.

Dans l'état d'esprit où il se trouvait, il n'était pas

question pour Alain Dupré de se coucher. Il attendit le lever du soleil et dès l'arrivée de Maspero au musée, se rendit dans son bureau.

– Monsieur, je suis fatigué, très fatigué, dit-il d'une voix entrecoupée. Je vous prie de vous occuper de mon rapatriement.

Maspero regarda, étonné, la figure hagarde de son collègue :

– Que vous arrive-t-il, Alain ? Vous êtes malade ?

– Oui, c'est cela, je suis malade, tout à fait malade, et je suis incapable de continuer mon travail. Je veux rentrer en France.

– Allons donc, Dupré, vous n'allez pas abandonner Hor Hotep ! C'est la découverte la plus importante de ces dernières années et le monde entier attend votre rapport.

– Mais quelle découverte, quel rapport, hurla le directeur. Vous vous moquez de moi ? ou peut-être vous me ménagez, pour que je ne perde pas le contrôle de mes nerfs et je ne me mette pas à tout casser autour de moi ? Rassurez-vous, Gaston, la mienne est une folie douce, je ne suis pas dangereux, mon cher ami. Tout au plus j'entends des voix et je vois des statues qui remuent la tête.

A ce moment, la porte s'ouvrit avec fracas et un surveillant du musée parut sur le seuil, aussi agité et hagard que le directeur. Maspero fit un geste d'agacement :

– Que vous arrive-t-il à tous, ce matin ?

– M. Gaston, la porte du sous-sol est ouverte !

Maspero se tourna sévèrement vers le directeur :

– Alain, vous avez laissé la porte ouverte ?

Le directeur se mit à rire :

– Et puis après ? Il n'y a rien à voler dans votre sous-sol, il est inutile que vous continuiez à me mentir.

Maspero bondit de sa place :

– Mais qu'est-ce que vous racontez ? Vous êtes fou !

– Ah ! Vous l'avez enfin compris, cher collègue ? cria le directeur d'un ton triomphal.

Mais Maspero était déjà sorti de son bureau et courait vers l'aile nord du musée. Il s'engouffra dans l'escalier, suivi d'une petite foule de surveillants, et arriva, essoufflé, dans le sous-sol, où il poussa le plus formidable juron de sa vie : le trésor d'Hor Hotep, soigneusement emballé, étiqueté et déposé par ses soins dans la section centrale du souterrain s'était tout simplement volatilisé. Les voleurs n'avaient rien laissé, pas le moindre vase canope*, pas le plus petit scarabée.

– Appelez la police, hurla Maspero. Appelez le ministère de l'Intérieur ! Cela ne se passera pas comme ça, des têtes vont tomber, parole de Gaston Maspero !

La police arriva, examina la porte du sous-sol et celle du jardin, la même par laquelle étaient entrés quelques heures auparavant le directeur, Rami et le chien. Elles présentaient des égratignures et de petites encoches, presque invisibles à l'œil nu.

– Ces portes ont été ouvertes par des professionnels, affirma le *hakimdar*, visiblement impressionné par l'audace du vol.

Des traces de pas jalonnaient le jardin et arrivaient à la clôture d'enceinte. Les voleurs étaient au nombre de trois. L'un d'eux, aux pieds très petits, était particulièrement lourd : cela se voyait à la profondeur des empreintes qui s'enfonçaient dans la terre meuble des plates-bandes. Un autre avait des pieds énormes. Le troisième enfin portait des godillots à la pointe carrée et aux semelles cloutées, des chaussures spéciales pour les randonnées, fabriquées, selon le dire du *hakimdar*, exclusivement au Tyrol. Malheureusement, les empreintes se perdaient de l'autre côté de la clôture où les pavés de la rue Antikhana n'avaient gardé que d'infimes traces de boue, sur quelques mètres.

– Monsieur H. et ses deux complices, murmura le *hakimdar*. Les mêmes qu'on nous a signalés à l'Institut khédivial.

Rami et le directeur suivaient l'enquête de la fenêtre de leur appartement, où ce dernier était venu s'enfermer après son esclandre chez Maspero.

– Je ne comprends pas pourquoi ils me jouent cette comédie, dit le directeur, dégoûté, en se retirant de l'appui. Rien n'a été volé, puisqu'il n'y avait rien à voler !

Rami vint près de lui et posa sa main sur son bras.

– Je vous en prie, monsieur, reprenez-vous : il y a des forces négatives qui essayent de vous décourager, vous devez faire face. Le trésor était bien là, et il n'y est plus. Nous le retrouverons.

– Tu crois vraiment à ces sornettes, toi ? interrogea le directeur avec un sourire sarcastique. Ou bien tu te moques de moi comme les autres ?

– Monsieur, si vous ne voulez pas me croire, peut-être croirez-vous au flair de Ringo.

Le directeur le regarda perplexe :

– Le flair de Ringo ?

–Oui, monsieur. S'il y a eu un vol, Ringo le sentira. Je vous en prie, laissez-le faire.

Rami prit la laisse du chien et sortit de la chambre. Le directeur le suivit sans entrain, Ringo au contraire démarra avec ardeur et faillit faire tomber Rami dans l'escalier. Arrivé dans le jardin, il se mit à renifler consciencieusement les empreintes laissées par les voleurs, puis se dirigea sans hésiter vers la clôture et aboya à plusieurs reprises. Le *hakimdar* s'approcha :

– Jeune homme, peux-tu me dire ce que cet animal est en train de faire ?

Maspero intervint :

– Monsieur le *hakimdar*, ce chien a un flair remarquable : je crois qu'il sent les traces des voleurs et qu'il pourra les suivre jusque dans leur repaire.

Ringo tirait sur sa laisse vers le portail du jardin. Rami se mit à courir, ils sortirent ensemble dans la rue et Ringo galopa vers l'endroit exact où les trois malfaiteurs avaient atterri après avoir enjambé la clôture. Le chien-loup savait que ces trois hommes méchants, qui avaient mis de mauvaise humeur son maître et son ami, transportaient des objets dont l'odeur très spéciale – un mélange de moisi et d'encens – flottait encore dans l'air immobile du matin. Il la sentait, il était certain de pouvoir la capter et la suivre partout, même au bout du monde, si nécessaire. Tout à coup, pendant qu'il reniflait le sol pour trouver le bout de la pelote d'odeurs et s'élancer dans une poursuite effrénée, une sorte de flamme remonta ses narines et explosa dans son cerveau, tandis qu'une lumière rouge et brûlante l'aveuglait. Ringo fit un bond en arrière et se mit à éternuer, à tousser, à japper, à s'ébrouer, essayant en vain d'éteindre l'incendie qui avait éclaté dans sa tête. Rami, le directeur, Maspero, les policiers regardèrent effarés le chien qui se roulait par terre en se frottant le museau avec les pattes de devant.

Rami s'agenouilla près de lui et prit sa tête entre ses mains : les yeux de Ringo étaient fermés et de grosses larmes coulaient sur les poils ras de son nez.

– Vite, de l'eau ! cria Rami.

On apporta en courant un bol d'eau, et Rami lava délicatement les narines de Ringo.

– Mais qu'est-ce qu'il a ? demanda le *hakimdar*.

– Les voleurs ont répandu par terre une grande quantité de poivre, expliqua le directeur qui s'était agenouillé à son tour à côté du chien. Ils savaient que sans cela Ringo les aurait retrouvés n'importe où.

Rami leva la tête et sourit : Ringo avait tout de même réussi à ramener Alain Dupré à la raison.

– Et maintenant ? insista le *hakimdar*.

– Maintenant ses muqueuses sont très irritées, dit le directeur en se relevant. Il faut attendre !

Maspero n'était pas du même avis :

– Attendre ? Nous ne pouvons pas nous permettre d'attendre ! Le musée va être inauguré dans moins de deux semaines et le khédive Abbas a déjà annoncé qu'il veut visiter l'aile d'Hor Hotep en premier lieu !

– L'enquête continuera, monsieur, avec ou sans chien, affirma le *hakimdar* en claquant les talons.

Il appela ses hommes et leur ordonna de relever les empreintes partout, avec la plus grande attention. Maspero retourna dans son bureau, suivi du directeur, de Rami et de Ringo qui continuait à éternuer et à secouer la tête.

Le directeur toussota :

– Je veux m'excuser, Gaston, pour mon comportement de ce matin. J'ai eu… euh… j'ai eu un petit instant de dépression.

– N'empêche que vous avez laissé la porte du sous-sol ouverte, Dupré, lui reprocha le vieil archéologue avec rudesse. C'est une faute impardonnable.

– Gaston, je vous donne ma parole d'honneur que je n'ai pas touché à cette porte.

Maspero parut ébranlé :

– Dans ce cas, je ne comprends plus rien. Les voleurs ont soigneusement refermé la porte d'entrée, je ne vois pas pourquoi ils n'ont pas fait de même pour celle du sous-sol. Si cette porte avait été fermée, des jours auraient pu passer avant que nous ne découvrions le vol !

Ringo éternua, agita sa queue et se dirigea en trottinant vers la porte.

– Excusez-nous, Gaston, dit le directeur, nous allons travailler.

18

A l'Institut khédivial, la matinée avait été presque aussi mouvementée qu'au musée. Le retour de Hammouda, découvert à l'aube, avait causé un remue-ménage remarquable. Bibi avait été renvoyé à son épicerie, non sans difficultés, parce que le nouveau champion de l'Institut avait commencé à se démener comme un possédé en hurlant qu'il voulait être payé avant de quitter les lieux. Il finit par être embarqué dans un fiacre, avec une enveloppe pleine d'argent. Hammouda, de son côté, passa près d'une heure dans le bureau du proviseur, en présence du préfet et de deux ou trois professeurs, et il y subit un pressant interrogatoire. Le proviseur était furieux que l'on puisse aller et venir dans son établissement comme dans un moulin, et menaçait de licenciements en masse si ce scandale devait se reproduire.

Hammouda ne raconta qu'une partie de la vérité : il avait été endormi par Monsieur H., avec un mouchoir imbibé d'une substance à l'odeur piquante, s'était réveillé dans un fiacre conduit par un escogriffe de taille démesurée, mais avait réussi à se libérer de ses ravisseurs. Il s'était emparé du fiacre et était rentré sagement au bercail.

En fait, d'après son récit, son sommeil dû au chloroforme avait duré des heures au lieu de quelques minutes, et sa virée à Mit Rehina n'était pas mentionnée. Hammouda ne parla pas non plus du rôle douteux joué par Addoula, considérant que sa défaite devant Bibi était une punition suffisante.

– Bien, tu peux retourner en classe, dit enfin le proviseur. Nous t'invitons, pour ta sécurité, à ne raconter à personne ce qui est arrivé. Nous avons expliqué à tes camarades que tu étais à l'infirmerie.

– Ah, dit Hammouda. Et qu'est-ce que j'avais ?

– Tu avais la fièvre aphteuse, rugit le préfet. Le choléra. La peste bubonique.

– N'exagérons rien, Moyïn effendi, intervint le proviseur. Une simple grippe suffira.

Ce titre d'« effendi » résonna aux oreilles du préfet comme une insulte, remuant ses frustrations et ses rancœurs.

– Comme vous voudrez, Katkout... BEY, siffla-t-il.

Moyïn effendi s'enferma dans sa chambre en prétextant un mal de tête soudain. La rage obnubilait son cerveau et ne lui permettait pas de tracer un plan satisfaisant qui lui aurait permis à la fois de se venger du proviseur et d'apparaître aux yeux du khédive comme un héros, celui qui volait au secours des élèves en danger. Il savait qu'une occasion en or se présenterait le jour de l'inauguration du musée, où les grands de l'Institut, devaient accompagner le khédive. Hammouda devait disparaître à nouveau, et réapparaître en sa compagnie après que Bibi aurait pris encore une fois sa place. Mais pour l'instant, le pauvre Moyïn effendi était incapable d'imaginer quand, où et comment il ferait disparaître Hammouda, qui faisait le double de son poids.

Les touristes flânaient tranquillement dans les ruelles du bazar du Khan Khalil. Cette année-là, les dames arboraient des chapeaux immenses surchargés de fleurs et d'oiseaux, les hommes étaient vêtus de blanc et portaient le casque colonial, même en ce mois de novembre au soleil clément. Pour les marchands de bijoux, d'argenterie, de cuivres, de cuirs travaillés et de fausses antiquités les affaires étaient florissantes. On voyait dans les vitrines et sur les étals des copies des bijoux d'Hor Hotep, des vases d'Hor Hotep, des statuettes d'Hor Hotep et personne ne se doutait que les pièces originales de ce fameux trésor, dont les photographies avaient fait le tour du monde, se trouvaient dans un souterrain quelques mètres plus bas, sous les pas des promeneurs.

Dans sa boutique, Walid Farghali, le marchand de souvenirs, s'évertuait à satisfaire trois clients à la fois. Lui aussi s'était mis à vendre de faux bijoux d'Hor Hotep : on lui demandait surtout le « Soleil ailé », un pendentif formé de deux ailes d'or recouvertes d'émail bleu, au centre desquelles était enchâssé un rubis cabochon. On avait fait circuler la légende qu'il suffisait de regarder une personne à travers la minuscule lentille du cabochon pour qu'elle tombe amoureuse de vous et, à partir de ce jour, on avait vu de charmantes jeunes dames et de fringants messieurs s'intéresser beaucoup à ce bijou.

Entre-temps, dans le souterrain, Armellini examinait d'un tout autre œil le trésor qui était enfin tombé entre ses mains. Ça avait été très facile de s'en emparer : on aurait dit que la direction du musée, en l'empaquetant, l'avait préparé tout exprès pour qu'il soit plus aisé à transporter et qu'on ne puisse pas le reconnaître en chemin. Chaque objet avait été enveloppé de couches d'ouate et de papier. Même le petit coffre-fort qui contenait les bijoux avait été dissimulé dans un emballage anonyme, par prudence. En palpant amoureusement les splendides bijoux d'Hor Hotep, dont le véritable « Soleil ailé », Monsieur H. riait dans sa barbe : toute leur prudence, leur discrétion, leur astuce n'avaient servi à rien face à son intelligence.

Il était particulièrement fier de son idée de répandre du poivre sur la chaussée pour massacrer les muqueuses olfactives de ce maudit chien. Il ne manquait à son triomphe que la vengeance tant attendue, mais ce n'était plus qu'une question de jours. Contrairement à Moyïn effendi, Monsieur H. savait parfaitement quand, où et comment il l'obtiendrait. Ce jour-là, il s'emparerait aussi des fameux papyrus, après quoi, à lui le Brésil, la richesse et la puissance.

– Je voudrais savoir quelque chose, grogna Ghelda, qui était accroupi dans un coin sombre et suivait des yeux depuis un quart d'heure les mouvements et les expressions de Monsieur H.

Celui-ci sursauta : il avait complètement oublié la présence de son complice.

– Quoi ? croassa-t-il.

– Comment saviez-vous que le trésor était dans le sous-sol du musée ?

– Je ne le savais pas, répondit Armellini avec un sourire fourbe. Je l'ai appris par un pur hasard.

– Par qui ? Vous ne sortez jamais de ce souterrain infect ! dit avec acrimonie Ghelda, qui commençait à en avoir assez de cette aventure qui ne lui rapportait rien, alors que Monsieur H. s'emparait de trésors sans prix.

– Par toi, Ghelda. Par toi.

– Par moi ?

– Oui. Tu te souviens de ce qu'a raconté cette petite paysanne de Mit Rehina ? Elle a dit : « Ils ont caché le trésor près du pont de Kasr-el-Nil, sous l'eau du Nil. »

– Et alors ? grommela Ghelda.

– Et alors, qu'est-ce qu'il y a, près du pont de Kasr-el-Nil ? Le nouveau musée. Et qu'est-ce qui peut se trouver sous le niveau de l'eau du Nil ? Le sous-sol du musée ! La petite a dû entendre au village des bribes de phrases, mais c'était tellement absurde qu'elle a cru certainement que ce n'était qu'une blague, tandis que c'était la vérité.

– Donc je mérite un bonus, susurra Ghelda, puisqu'en définitive c'est grâce à moi que vous avez pu mettre la main sur le trésor.

Monsieur H. plissa les paupières :

– Tu es un être vénal et intéressé, dit-il avec le plus grand mépris. Tu me déçois. Au lieu de faire profit de mes enseignements, tu ne penses qu'aux sous ! C'est lamentable !

Là Monsieur H. se souvint qu'il aurait encore besoin des services de Ghelda aussi bien que de ceux de Walid, et son expression changea.

– Ça va, tu l'auras, ton bonus, dit-il avec un sourire sinistre. Dès que j'aurais eu la peau de Rami et de Hammouda, ton compère et toi, vous n'aurez plus jamais à vous préoccuper de votre avenir.

Le directeur se couvrit le bas du visage du masque protecteur, se pencha à nouveau sur les papyrus, les examina l'un après l'autre avec attention, et un frisson d'épouvante lui parcourut l'échine : il avait sous les yeux un texte inconnu, qui ne correspondait en rien à celui qu'il avait commencé à déchiffrer le jour de la disparition de Rami et de Ringo. Le nom de Horus Khenti Irti ne s'y trouvait plus et le texte entier n'était qu'une suite d'invocations aux différentes divinités de la haute et de la basse-Égypte. A en juger par la langue et l'écriture, ces papyrus remontaient à peine à la dix-huitième ou à la dix-neuvième dynastie. Ils ne donnaient aucune information sur Hor Hotep et n'apportaient rien de nouveau à l'étude de l'égyptologie.

Le directeur se leva en titubant. Le carnet où il avait transcrit sa première lecture des papyrus était posé de l'autre côté de la table. Une fine couche de poussière avait eu le temps de se déposer sur sa couverture noire : personne, depuis ce jour, ne l'avait touché. Et pourtant, quand il l'ouvrit, le directeur ne put que constater ce qu'il craignait déjà obscurément : ses notes avaient disparu, le carnet était vide, intact comme au jour où il l'avait acheté.

Encore une fois, le directeur eu envie de tout quitter, de retourner en France et d'oublier ce cauchemar. Il arracha son masque, désormais inutile, et balaya du revers de la main carnet, plumes et encriers. C'était un désastre : le trésor disparu, les papyrus falsifiés par une puissance occulte, le tombeau détruit, que restait-il de sa découverte ? Quelques photos ? Comment allait-t-il affronter le monde scientifique qui attendait depuis des mois son rapport ?

On frappa à la porte. Rami parut sur le seuil du laboratoire et regarda avec étonnement les encriers cassés, les plumes éparpillées au sol.

— Monsieur, vous vous sentez bien ?

— Non, je ne me sens pas bien du tout.

Il indiqua la table d'un geste de la main :

— Ces feuilles sont maléfiques, ne t'approche pas.

— Monsieur, dit Rami calmement, il n'y a rien qui puisse vous atteindre.

Le directeur se tourna vers lui en plissant le front :

— Je t'en prie : si tu sais quelque chose, parle ! Je suis sur le point de craquer, Rami, de tout abandonner.

— Non, monsieur. Il ne faut pas ! A travers nous tous, Seth est en train de combattre la Vérité, mais la Vérité est forte, monsieur.

— Seth ? Que sais-tu de Seth, Rami ?

— Ce que vous en savez vous-même, monsieur.

Rami tourna vers lui des yeux étrangement dilatés :

– « Un jour, des hommes sont venus de très loin sur des ailes d'or, et ont donné la Vérité aux hommes. Mais Seth s'est emparé de la Vérité, l'a divisée, démembrée, éparpillée à travers les clans, et chaque clan a cru qu'il était le seul détenteur de la Vérité. Chaque clan, chaque peuple lui a donné un nom différent, Min, Hator, Anubis, Neit, Thot, mille autres noms. A partir de ce jour les hommes se sont haïs, se sont entretués, se sont massacrés au nom de leurs vérités, et, de son désert de haine, Seth les regarde en riant. »

– Qu'est-ce que tu dis ? balbutia le directeur.

– Je vous lis le message qui était écrit sur les papyrus du seigneur Hor Hotep, murmura Rami, avant que le Mensonge ne vienne confondre les lettres et les lignes.

Le directeur ouvrit la bouche pour répondre, quand on frappa encore une fois à la porte. Gaston Maspero entra comme un bolide, en brandissant une feuille dépliée :

– Peut-on savoir ce qui vous prend, Alain ? Je viens de recevoir une note de la Mission archéologique qui me dit que vous vous amusez à accuser injustement les policiers égyptiens !

– Moi ?

– Oui, vous. Avez-vous ou n'avez-vous pas accusé le *maamour* de Mit Rehina de négligence pour avoir laissé des voyous entrer dans la tombe d'Hor Hotep et la saccager de fond en comble ?

– Je l'ai en effet accusé de négligence. J'allais justement vous en parler.

– Écoutez mon ami, une commission d'archéologues vient de rentrer de Mit Rehina. Elle a visité le site dans tous ses recoins, la tombe est intacte ! Je n'apprécie pas du tout ce genre de plaisanterie.

— Intacte ? demanda le directeur avec ironie. Elle t'a paru intacte, à toi, Rami ?

— Non, monsieur. Mais souvenez-vous du message de Hammouda : « Ne croyez pas vos yeux… »

Le directeur se tourna vers lui :

— « … et tout s'arrangera. »

— « Les forces du Mal sont partout… »

— « … mais la Vérité est plus forte ! »

Les yeux de Maspero allaient de l'un à l'autre et il avait l'air excédé :

— Pourriez-vous m'expliquer de quoi vous parlez ?

Le directeur secouait la tête sans répondre : fallait-il qu'il soit bête pour ne pas avoir compris ! Tout se tenait, depuis le premier instant où il avait ouvert la tombe d'Hor Hotep. Le vol du trésor, les hallucinations, la voix dans le sous-sol, les statues, les papyrus au texte altéré, tout cela faisait partie d'un seul et même dessein. Il ne restait qu'à en donner la preuve : il fallait ouvrir le sarcophage !

— Alain, je vous parle. J'exige que vous me répondiez ! gronda Maspero.

— Plus tard, plus tard. Je vais prendre le break, Gaston, il faut que j'aille à Sakkara. Allons, Rami, Ringo ! Vite !

Laissant Gaston Maspero sur place, sidéré, le directeur sortit en courant du laboratoire, Rami et Ringo sur ses talons.

19

Le soleil cognait dur sur les collines de Sakkara quand le break de la Mission archéologique française arriva en vue du chantier. Le nombre des gardes avaient augmenté et ils entouraient l'entrée de la tombe de manière telle que personne n'aurait pu l'atteindre sans leur passer sur le corps : on voyait bien que le *maamour* s'était piqué au jeu et ne voulait plus entendre de remarques désobligeantes par la faute de quelques désœuvrés en mal de distractions.

La grue que le directeur avait réclamée pour soulever le couvercle du sarcophage était déjà là, et le rayes Atris était assis à son ombre. Il se leva et courut à la rencontre des nouveaux venus :

– Monsieur, bonjour. Tout est prêt, monsieur. Les ouvriers attendent dans la plaine. Voulez-vous que je les fasse venir ?

– Ce ne sera pas nécessaire. Ouvre la trappe, Atris.

Le rayes s'exécuta.

– Nous entrerons seuls, Rami et moi, et tu refermeras la trappe derrière nous. Personne, tu entends, personne ne doit nous déranger pendant que nous sommes à l'intérieur : défense absolue d'entrer. C'est entendu ?

– Et si le *maamour*...

– Ni le *maamour*, ni M. Maspero, ni même le khédive Abbas ! C'est bien compris ?

La voix du directeur était devenue coupante et le rayes Atris fit un pas en arrière : il valait mieux ne pas contredire le *hawaga* Dupré, dont les facultés mentales faisaient encore une fois l'objet de doutes sérieux.

– D'accord, d'accord, dit-il.

L'archéologue descendit dans le caveau, suivi de Rami. Ringo les regarda un instant, la tête penchée de côté comme s'il pesait le pour et le contre, puis alla se coucher.

La trappe retomba lourdement dans leur dos. Durant un instant leurs yeux aveuglés par la grande lumière du désert ne virent rien, puis les faisceaux lumineux des torches firent émerger les parois et le plafond, encadrèrent la porte de la salle du sarcophage.

– Venez, dit Rami.

Il traversa avec assurance le vestibule aux parois nues, pénétra dans la salle au centre de laquelle se dressait l'énorme cercueil en albâtre, criblé de coups et d'encoches. Rami ferma les yeux. Il se souvenait du jour où il s'était caché là, pendant que le Mal, en la personne de Noubar et Mortada, rôdait autour de lui. Noubar était mort, Mortada avait disparu, mais le Mal était toujours présent dans cette tombe, comme une vapeur nocive.

– Rami, tu te sens bien ? murmura le directeur à son oreille.

Rami ouvrit les yeux et tendit les bras. Avec un bruit

sourd, le couvercle du sarcophage commença à pivoter lentement sur le bord du cercueil. Millimètre par millimètre, avec des vibrations qui faisaient tomber du plafond une fine poussière grise, le bloc de trois tonnes tournait sur lui-même comme si une force surnaturelle en gouvernait les mouvements. Une fissure apparut et Dupré y dirigea sa torche : le sarcophage tout entier s'illumina de l'intérieur, révélant les veines de l'albâtre dans lequel il avait été sculpté.

– Il est vide ! Il est vide ! J'en étais sûr ! s'écria le directeur.

A ce moment un bruit étouffé leur fit tourner la tête : la paroi au fond la tombe s'était mise à trembler, comme le reflet d'une surface liquide où on aurait lancé une pierre. En même temps, elle devenait diaphane et s'effaçait peu à peu, en laissant paraître un ciel nocturne, constellé d'étoiles. Ils virent alors une colline rocheuse et déserte que de sinistres reflets d'incendie illuminaient comme en plein jour. Un vent furieux se leva et leur cribla la figure de sable. Dans la plaine, à leurs pieds, une ville brûlait, et une foule hurlante d'hommes, de femmes et d'enfants venait vers eux en courant. Ils étaient vêtus de blanc et portaient des perruques de laine brune.

Maintenant les souvenirs affluaient dans la mémoire du directeur, comme des vagues : il était Anzti, le roi guerrier, il avait vécu longtemps avant la fondation du Mur Blanc, et avait été vaincu par les faux dieux. A côté de lui se tenait le jeune Ramès, son disciple.

Une femme se détacha de la foule des fuyards et s'approcha d'eux. Sa robe blanche était tachée de sang.

– Ramès, cria-t-elle, où étais-tu, mon enfant ? Je t'ai cherché partout !

– Je suis là, mère, répondit Ramès.

Elle le serra entre ses bras en pleurant.

– Les Serviteurs de Seth ont pris la ville, dit-elle. Ils massacrent, ils pillent, ils mettent le feu aux maisons !

– Il faut aller à Sekhem, mère.

– Qui est ton ami ? demanda Mata.

– Il s'appelle Anzti, mère. Un jour, il écrira notre histoire.

– Je suis Mata, poursuivit la femme avec un pâle sourire. Bienvenue parmi nous. Mais je doute, mon frère, que l'on croie jamais à autant d'horreurs et de massacres.

L'aube pointait à l'est quand les fuyards arrivèrent en vue de Sekhem. Des murailles de lumière d'une intensité insoutenable semblaient entourer la ville, comme une enceinte de protection. Des silhouettes blanches sortirent de cette lumière et vinrent à leur rencontre. A leur tête marchait un homme aux yeux noirs comme la poix, le Dépositaire des Secrets.

– Le jour approche, Ramès, dit-il. Il faut nous préparer au départ.

– Nous sommes prêts, annonça le jeune garçon.

– Bienvenue, roi des Provinces orientales, poursuivit le Dépositaire des Secrets se tournant vers Anzti.

Celui-ci répondit par un sourire amer. Il regardait avec intensité la ville qu'ils étaient en train de traverser, les grandes maisons de trois ou quatre étages, les arbres, les fontaines, les jardins, et la foule paisible qui s'écartait sur leur passage.

– Les Provinces sont détruites, le feu et le sang sont partout, dit-il enfin. Je ne suis plus qu'un fuyard comme les autres, Hor Hotep.

– Non. Tu es celui qui écrira notre histoire, à une autre époque et dans un autre pays. Tu es le Témoin.

Ils gravirent les marches du temple d'Hor, dont les colonnes vertigineuses s'élevaient vers un plafond aussi haut que le ciel. Devant la colonnade se dressait une sorte de grande maquette qui représentait une plaine sablonneuse, baignée par le Fleuve.

– Regardez, reprit le Dépositaire des Secrets se tournant vers la foule. Voici l'emplacement de votre nouvelle ville, Iounou. Elle sera protégée à l'ouest et au nord par le Fleuve, au sud par les marécages, à l'est par le désert. C'est à cet endroit que vous garderez les secrets de notre peuple.

L'homme fit une pause, puis reprit :

– Vous n'aurez pas de temples, pas de sanctuaires. La Vérité n'en a pas besoin. Vous bâtirez de simples maisons en boue séchée, pour ne pas attiser la convoitise de Seth. Vous oublierez vos connaissances, vous n'aurez plus de machines ni d'énergie : les Serviteurs de Seth s'en empareraient pour faire encore plus de mal, accomplir encore plus de destructions.

– Et Sekhem ? cria quelqu'un dans la foule.

– Sekhem disparaîtra.

– Et Iounou ?

– Iounou vivra pendant des siècles et des millénaires, et transmettra la Vérité aux hommes.

Le Dépositaire des Secrets se tourna vers Anzti :

– A une autre époque, on l'appellera On, et plus tard Héliopolis.

Du haut d'une des tours de la ville, Anzti, Mata et Ramès regardaient le soleil qui se couchait sur la plaine couverte de vignobles et de champs de blé.

– Les derniers jours de Sekhem, dit Anzti.

– Bientôt il ne restera rien de tout cela, murmura Mata. Le désert recouvrira tout.

– Mais notre peuple sera sauvé, mère, ajouta Ramès.

– Et la Vérité vivra.

Hor Hotep les rejoignit bien plus tard, à la nuit tombée :

– Vous partirez la nuit de la pleine lune. Anzti, tu les accompagneras. Ramès, tu conduiras le peuple sur les rives du Fleuve. Vous le traverserez perpendiculairement, sur des radeaux de joncs, jusqu'à la rive opposée. Ne vous arrêtez pas à l'Île des serpents, que vous verrez à votre gauche. Ne vous laissez pas tenter par ses palmeraies et ses vergers. Votre but est Iounou, dans le désert de la rive droite.

– Oui, Maître, dit Ramès.

– Dès que vous serez arrivés dans la plaine d'Iounou, vous verrez les ailes d'Horus passer dans le ciel, pour un dernier salut. Un bruit terrifiant se fera entendre, la terre tremblera, mais ne regardez pas tout de suite vers l'ouest : qui le ferait risquerait de devenir aveugle.

– Tu ne reviendras pas, Maître ? demanda Ramès.

– Non, mon fils.

– Mais alors… ton tombeau, dans la Nécropole de Sakkara ?

– Un mensonge, Ramès. Un leurre. Ton ami Anzti le sait déjà.

Le soir était tombé sur Sakkara, et le rayes Atris était toujours assis près de la grue, en compagnie du chien Ringo qui avait passé la journée à somnoler. Le rayes Atris était habitué aux excentricités des archéologues, mais le directeur les battait tous. Avait-on idée de s'enfermer pendant des heures et des heures dans une tombe étouffante, sans eau ni nourriture, sans hommes, ni ustensiles, ni machines ? A quoi pouvait-il employer son temps ? Sans compter qu'à l'heure actuelle l'huile des torches devait être épuisée.

A huit heures, de nouveaux gardes vinrent remplacer ceux qui avaient passé la journée avec lui et le *rayes** songea avec regret à sa femme et à ses enfants qui l'attendaient pour dîner. Mais les consignes étaient claires : attendre.

Il n'y avait rien d'autre à faire.

A neuf heures précises, le sergent Bastaouissi qui commandait les soldats préposés à la surveillance de la tombe se présenta au poste de police de Mit Rehina pour faire son rapport.

– Tout est en règle, dit-il au lieutenant Amr, qui était de garde. Le directeur est venu et il est descendu dans la tombe.

– A quelle heure ?

– Vers midi, *effendem*.

– Bien. Et après ?

– Rien à signaler, *effendem*.

– Comment ?

– Rien à signaler. Tout est tranquille, *effendem*.

Le lieutenant Amr commença à s'énerver :

– Bastaouissi, je te demande de me faire un rapport dé-tail-lé. Par exemple : avec qui est descendu le directeur. A-t-il fait usage de la grue. A-t-il ouvert le sarcophage. A-t-il trouvé quelque chose. Et ainsi de suite.

– Le directeur est descendu avec le jeune Rami. Il n'a pas utilisé la grue. Pour les autres questions, *effendem*, je ne peux pas répondre, personne ne nous a rien dit, poursuivit le sergent, toujours au garde-à-vous.

– Bon. D'accord. Tu sauras du moins à quelle heure le directeur a quitté le chantier.

– Le directeur n'a pas quitté le chantier, *effendem*.

Le lieutenant Amr soupira :

– Bien. Alors dis-moi à quelle heure il est sorti de la tombe.

– Il n'est pas sorti, *effendem*.

Le lieutenant Amr regarda sa montre, puis leva de nouveau les yeux sur le pauvre Bastaouissi.

– De midi à neuf heures du soir dans la tombe ? Sans le rayes Atris ? Sans la grue ?

Le lieutenant Amr se leva de sa place et vint se planter devant Bastaouissi transformé en véritable statue.

– Tu veux savoir ce qui s'est passé, Bastaouissi ? Tu t'es endormi, espèce de crétin, et tu as passé ton après-midi à ronfler. Voilà pourquoi tu n'as rien à mettre dans ton rapport. Tu es un imbécile, sergent, tu ne mérites pas les galons cousus sur ta manche. M. le *maamour* sera informé de ton exploit. Et maintenant, disparais !

Cela dit, Amr sortit du poste de police, enfourcha son cheval et partit au galop vers les collines. Il fallait qu'il en ait le cœur net : Bastaouissi s'était certainement endormi, pensait-il, mais il se pouvait qu'il dise la vérité, et dans ce cas le directeur et Rami étaient en danger.

En chemin, le lieutenant rencontra un *ghoul* sous la forme d'un chien qui dévalait la colline en faisant de grands bonds d'un rocher à l'autre. Dans le rayon de sa torche, les yeux du démon flambèrent comme des escarboucles, le cheval se cabra en hennissant, mais le lieutenant avait les nerfs solides et continua bravement son chemin. Le lendemain, il ne mentionna même pas cette apparition dans son rapport, ne se doutant pas de l'importance considérable qu'elle aurait dans la suite des événements.

20

Depuis une semaine, les journaux ne parlaient plus que de la disparition du célèbre archéologue français Alain Dupré et de son assistant Rami el-Rehini. Dans les salons, les échoppes et les cafés, on se perdait en conjectures sur le sort de ces deux personnages qui, après avoir pénétré dans une tombe récemment découverte à Sakkara, n'en étaient jamais ressortis. Le lieutenant de police Amr el-Miniaoui était bien descendu dans la tombe à leur recherche le soir même de leur disparition, mais l'avait trouvée vide. Les torches des archéologues étaient abandonnées par terre et les traces de leurs pas, trop nombreuses et confuses, ne fournissaient aucune indication sur leur sort.

Le lendemain matin, écrivaient encore les journaux, le célèbre archéologue Gaston Maspero s'était rendu sur les lieux en compagnie de nombreux chercheurs de l'Institut français d'archéologie orientale. Après avoir examiné le monument de fond en comble, il avait déclaré aux journalistes ne pouvoir donner aucune explication sur la disparition de ses collègues. Son Altesse, profondément affectée par ces événements, avait ordonné une enquête approfondie.

En fait, Maspero était hors de lui. Son humeur oscillait entre l'inquiétude et la fureur : quelle était cette nouvelle farce que lui jouait ce satané Dupré ? A la veille de l'inauguration du musée, avec le trésor d'Hor Hotep encore introuvable et les délégations d'égyptologues qui arrivaient des quatre coins du monde, le directeur avait très mal choisi son moment pour se volatiliser en compagnie d'un petit paysan visionnaire qui prétendait avoir visité Sekhem et avoir parlé à ses habitants. Maspero était sûr qu'ils allaient réapparaître un jour ou l'autre avec de nouvelles histoires à dormir debout, mais entre-temps il ne pouvait raconter à personne que Dupré et le gamin étaient en train de se promener dans le passé et de fréquenter des demi-dieux.

Ceux qui virent Gaston Maspero durant cette période furent frappés par sa nervosité, qu'ils mirent sur le compte d'un excès de travail. Au fur et à mesure qu'approchait le jour de l'inauguration, il devenait de plus en plus laconique et cassant, et il était difficile de poursuivre avec lui une conversation normale. Prévoyant qu'on ne récupèrerait pas à temps le trésor d'Hor Hotep, il avait fait remplir en hâte la galerie est du musée, qui lui était destinée, d'objets disparates de différentes époques. Il espérait ainsi éviter un trop grand scandale auprès du public. Mais comment répondrait-il aux questions du khédive ? Comment expliquerait-il la disparition de Dupré et de Rami, ainsi que la facilité avec laquelle des voleurs s'étaient emparés d'un trésor qui lui avait été confié ? Cet homme droit et intègre vivait sans doute la période la plus angoissante de sa vie.

La nuit du 13 novembre 1902, Hammouda fut réveillé par une voix qui criait son nom. Il ouvrit les yeux dans l'obscurité du dortoir et resta à l'écoute, mais n'entendit que le silence, rompu par les ronflements de ses camarades. Il pensa avoir rêvé et se tourna de l'autre côté. Mais la voix resurgit dans la nuit :

– Oua... Ouououou... Oua.

Ce n'était pas une voix humaine, mais plutôt celle d'un chien qui aboyait brièvement, puis poussait un ululement suivi d'un bref glapissement.

– Ringo, pensa Hammouda en sautant du lit.

Il courut à la fenêtre du dortoir qui s'ouvrait sur la rue Emad-el-Dine. Le chien était assis sur le trottoir d'en face, le museau levé vers lui, et agitait la queue.

– Ouah, aboya-t-il.

– Bon, ça va, je viens, dit Hammouda.

La présence de Ringo à cette heure, en cet endroit, ne pouvait signifier qu'une seule chose : ses amis avaient besoin de lui. Il sortit de son casier sa *gallabieh* jaune, enfila ses babouches ton sur ton et se glissa tout doucement hors du dortoir.

Dans l'Institut endormi, le silence était total. Hammouda parcourut rapidement l'effrayant couloir du premier étage sans regarder ni à droite ni à gauche pour ne pas risquer de voir un fantôme ou deux, puis dévala l'escalier et sortit dans la cour. La pleine lune illuminait la grande esplanade déserte, et le préfet Moyïn, qui depuis quelque temps souffrait d'insomnies, vit parfaitement de la fenêtre de sa chambre la silhouette vêtue de jaune qui se hâtait vers le portail. Un sourire béat illumina sa figure : voilà que le brave Hammouda s'en allait tout seul, lui épargnant ainsi beaucoup de fatigue et de tracas.

Hammouda commença à faire glisser tout doucement le lourd cadenas du portail, mais pas assez pour ne pas tirer de son sommeil le surveillant Dardiri. Celui-ci se dressa sur son séant et regarda à son tour par la fenêtre de son cagibi. Il reconnut immédiatement la fameuse *gallabieh* jaune, et le contentement envahit son cœur : Hammouda s'en allait, son neveu Bibi reviendrait le remplacer et accompagnerait le khédive à l'inauguration du musée ! Dardiri resta donc immobile à sa place en attendant que Hammouda ait quitté les lieux, après quoi il alla sur la pointe des pieds refermer le cadenas : de cette manière, le lendemain, on mettrait la disparition de l'élève sur le compte des nombreuses forces malignes qui sévissaient la nuit dans les couloirs de l'Institut.

Ringo vit Hammouda franchir le portail et agita la queue en signe de satisfaction. Jusqu'à ce jour, ses rapports avec lui avaient été des plus tièdes, Ringo ayant toujours nourri des doutes sur les facultés intuitives du grand garçon. Mais apparemment Hammouda était plus intelligent qu'il n'en avait l'air, puisqu'il avait compris son appel et y avait répondu rapidement.

Ringo prit entre ses crocs un pan de l'horrible *gallabieh* jaune et tira légèrement pour indiquer qu'il fallait le suivre. Après quoi il se mit en chemin en direction du musée.

Depuis qu'il avait inhalé cette épouvantable poudre noire, ses narines n'avaient pas oublié son odeur particulière et étaient capables de la détecter à des distances incroyables, même mélangée à d'autres arômes : dans le fumet d'un rôti, par exemple, ou dans la confusion d'odeurs qui se dégageait de l'étal d'un vendeur d'épices. En revenant de Sakkara par petites étapes, il l'avait sentie plusieurs fois à la hauteur des maisons où l'on cuisinait. Ainsi maintenant Ringo retournait au musée pour reprendre la chasse interrompue, le cœur plein de zèle et la tête remplie d'une seule idée : retrouver les méchants qui avaient fait de la peine à son maître. Le directeur et Rami avaient cru bon de le laisser tout seul à Sakkara et ils avaient disparu de son champ olfactif, mais Ringo savait parfaitement ce qui lui restait à faire.

Sous la grille du jardin, à l'endroit où on avait répandu la poudre noire, l'odeur détestable persistait encore, mais les voitures qui lavaient les trottoirs chaque matin étaient passées par là et elle était devenue inoffensive. Ringo exprima sa satisfaction en levant le museau vers Hammouda avec un jappement.

– Je ne sais pas ce que tu as en tête, dit celui-ci, mais vas-y toujours.

Ringo se mit en marche et commença à trotter dans la rue Antikhana. Là il s'aperçut avec plaisir que l'odeur de la poudre noire devenait plus piquante et était marquée sur le sol à intervalles réguliers, comme une série de

traits. Une autre odeur remplissait les intervalles entre un trait et l'autre, celle d'une écurie. Une image se forma alors dans la tête de Ringo : la roue d'une charrette qui, après avoir passé sur un petit monceau de poudre, était partie en direction de Ataba en déposant ses traces tous les trois mètres, comme pour lui indiquer le chemin.

La nuit de la pleine lune, avant même que la planète argentée ne paraisse à l'est, le peuple de Sekhem et les réfugiés des autres villes détruites par la guerre se mirent en marche vers le Fleuve. Ils laissèrent derrière eux tous les objets qui les avaient aidés dans la vie courante et dans leurs études, ils abandonnèrent leurs livres, leurs photophores, leurs astrolabes et leurs instruments de musique. Le Maître avait demandé qu'ils ne prennent avec eux que quelques vêtements et des outils pour cultiver la terre, et ils obéirent. Hommes, femmes et enfants marchèrent en silence à travers les champs de blé et les vignobles, suivirent les sentiers qui descendaient vers la plaine, traversèrent à gué le canal et arrivèrent enfin en vue du Fleuve, qui brillait doucement.

Des centaines de gros radeaux ronds, en tiges de papyrus, avaient été tressés pendant les quelques jours qui avaient précédé l'exode, et les attendaient sur la rive. Les hommes aidèrent les femmes et les enfants à embarquer, puis poussèrent à leur tour les radeaux dans le courant et s'éloignèrent au fil de l'eau. Ramès, Mata et Anzti étaient dans la première embarcation. A leur gauche, l'Île aux serpents parut dans toute sa splendeur, avec ses hauts palmiers chargés de dattes, ses maisons blanches et vides et l'embarcadère qui semblait les inviter à accoster. Mais Ramès se souvint des paroles du Maître et tourna la tête vers la rive désertique qui les attendait au loin.

Ringo trottait avec assurance à travers les rues de la ville endormie et Hammouda le suivait. Ils traversèrent la place Ataba et commencèrent à parcourir la rue El-Azhar, qui montait tout doucement vers le Khan Khalil. Ils entendaient autour d'eux l'appel à la prière de l'aube, qui venait de nombreux minarets invisibles.

– J'aimerais bien savoir où tu m'emmènes, dit Hammouda.

Le chien agita la queue pour le rassurer. La charrette avait fait ce même chemin depuis quelques jours seulement et il était sûr de son fait. Ils pénétrèrent dans le dédale des ruelles du Khan : les boutiques étaient fermées et seules quelques lampes à pétrole à la flamme vacillante illuminaient les coins les plus sombres du bazar.

Un bruit de bottes résonna dans les ruelles et Hammouda se cacha rapidement dans une encoignure, où Ringo le suivit.

Une patrouille de *boulouq*

nizam passa, longs mousquets en bandoulière et cimeterres accrochés à la ceinture. Dès qu'ils eurent disparu, Ringo reprit son chemin.

L'aube commençait à poindre. A un tournant, ils se trouvèrent sur une petite place dominée par la masse sombre et imposante d'une ancienne mosquée, flanquée de son minaret.

C'était la mosquée du Sultan Barquq, mais ni Ringo, ni Hammouda ne pouvaient le savoir. Par contre le chien savait parfaitement que la charrette qu'il avait suivie avec persévérance à travers toute la ville s'était arrêtée là pendant assez longtemps. Le véhicule avait fait des manœuvres, avait reculé, puis était parti en laissant à terre des objets d'où se dégageait un parfum d'encens et de moisi. Ringo se remit en marche et aboutit, après une centaine de mètres, à une palissade qui laissait filtrer une puissante odeur d'écurie. Il revint en courant sur ses pas, suivi de Hammouda qui commençait à s'énerver, et se planta devant la porte fermée du minaret.

– Bien, et après ? grogna Hammouda.

Ringo le regarda et agita la queue.

– Tu veux que j'entre là-dedans ? Mais c'est une mosquée, Ringo !

Ringo pencha la tête de côté et gratta le sol du bout de sa patte.

– Si seulement je savais ce qu'on cherche !

Pour Hammouda, ouvrir une serrure du XIVe siècle était un jeu d'enfant : la plupart des portes de Mit Rehina étaient encore pourvues de mécanismes tout à fait semblables à celui-là et on les ouvrait assez facilement avec un bout de fil de fer recourbé. L'opération ne prit pas plus de deux ou trois minutes, au bout desquelles il se trouva avec Ringo à l'intérieur d'une petite pièce carrée d'où partait un escalier en colimaçon. Elle était éclairée par une lampe à huile posée sur une marche à l'intention du muezzin.

– Tu veux que je monte ? demanda Hammouda à Ringo.

Le chien reniflait le sol en terre battue sous la première volée de l'escalier. Il se mit à gratter furieusement et fit apparaître une grosse boucle en fer rouillé.

– Je comprends. C'est une trappe et tu veux que je l'ouvre, marmonna Hammouda.

Il écarta des mains la terre qui recouvrait l'ouverture et souleva la trappe. Une échelle en bois parut, qui se perdait dans le noir. Tout doucement, le cœur battant d'émotion comme au bon vieux temps, l'ancien cambrioleur repenti saisit la lampe et se glissa dans le souterrain. Ringo le suivit sans faire de bruit, le nez levé pour retrouver cette fameuse odeur d'encens et de moisi qu'il savait très importante pour son maître. La voilà : elle venait de sa droite, au-delà d'une série de colonnes soutenant des voûtes. Le chien se faufila avec détermination à travers un dédale de pilastres et de niches et finit par s'immobiliser devant un tas de papiers d'emballage froissés, jetés en vrac sur le sol.

– Et après ? dit Hammouda. C'est pour « ça » que tu m'as trimballé à travers toute la ville ?

Tout à coup Ringo tourna la tête vers la gauche et montra silencieusement les dents. Hammouda s'immobilisa : dans le silence du souterrain il lui avait semblé entendre un froissement, un bruit infime mais évident. Il « sentait » une présence dans le noir, celle d'un être qui l'observait et qui n'éprouvait envers lui aucune sympathie. Ringo s'aplatit au sol, les poils de son dos dressé et les canines en évidence.

Tout à coup la lumière d'une lanterne les aveugla et un coup de pistolet retentit dans le silence du souterrain.

21

Le peuple de Sekhem débarqua à l'aube sur la rive droite du Fleuve. En avant marchaient Ramès et Anzti, au milieu d'un groupe d'hommes aux cheveux blancs et aux visages paisibles : c'étaient les Sages de la ville, ceux qui garderaient les secrets de Sekhem et les transmettraient aux Sages des générations futures. Les femmes et les enfants les suivaient, les hommes jeunes fermaient la marche. L'endroit où ils se trouvaient était désert et désolé. Pas un arbre, pas un brin d'herbe : rien qu'une morne étendue de sable et de pierres, qui partait du fleuve et se perdait à l'horizon. C'est là que Ramès revit Neftis Titi, au milieu d'un groupe de jeunes filles. Elle lui sourit et tendit la main vers lui.

– Je te retrouverai, dit Ramès.

– Je le sais, murmura-t-elle.

Mais déjà la foule l'entraînait en avant. Au bout d'une heure de marche, Ramès leva le bras et cria :

– C'est ici !

L'endroit ne différait en rien de l'affreux désert qui les entourait et où le peuple de Sekhem devrait vivre à partir de ce jour. C'était une sorte de vallonnement enfermé entre des collines de sable et des carrières de pierre que les premiers rayons du soleil levant teintaient de rose. Les Sages se réunirent en cercle et levèrent les bras vers le ciel. Puis, après avoir prié, ils se tournèrent vers la foule :

– Que chacun se crée un gîte ! Que chacun se creuse un puits !

Mata s'approcha de Ramès.

– Maintenant tu dois nous quitter, mon enfant, dit-elle, les larmes aux yeux. Merci d'être venu nous sauver.

– Mère, dit Ramès, je t'aime. Je ne t'oublierai jamais.

Un des Sages s'approcha :

– Ramès, tu as été choisi parce que tu as le cœur pur et fort, et Seth ne peut rien contre toi. Garde-le toujours ainsi, prince d'Iounou, ne te laisse jamais séduire par le Mal.

– Jamais, dit Ramès.

Le soleil montait lentement dans le ciel. Déjà des enceintes de pierre se dessinaient sur le sol nu, et les hommes creusaient le sable à la recherche de l'eau.

– Va, maintenant, dit Mata, Anzti t'attend.

Anzti se tenait debout au faîte d'un escarpement, le regard tourné vers le sud. Ramès le rejoignit, puis se retourna et embrassa du regard la plaine où le peuple de Sekhem avait déjà commencé à bâtir la nouvelle ville. Ils travaillaient tous comme des fourmis, hommes, vieillards, femmes, enfants, dans un affairement joyeux et plein d'espoir, et le soleil brillait sur eux comme une source de vie et d'allégresse. Un éclair doré traversa le ciel et Ramès, levant la tête, entrevit les grandes ailes d'Horus qui décrivaient une courbe au-dessus la foule, puis s'élevaient dans les airs et disparaissaient rapidement à l'horizon.

Le soleil s'était levé sur le Khan Khalil et les gens vaquaient paisiblement à leurs affaires sans se douter que sous terre se déroulait une lutte sans merci, dans des catacombes dont ils ignoraient même l'existence. Aplati derrière un pilastre, Hammouda avait éteint sa lampe à huile et retenait Ringo par le collier pour l'empêcher de s'exposer à leur ennemi invisible et armé. Le premier coup de pistolet avait heureusement raté son but, mais la lanterne fouillait tous les recoins et s'approchait d'eux inexorablement. Profitant du fait qu'elle était dirigée du côté opposé à celui où ils se trouvaient, Hammouda et Ringo rampèrent en silence vers le centre du souterrain, où ils auraient une plus grande liberté d'action et ne risquaient pas de rester coincés dans un cul de sac. A cet endroit, une lampe à pétrole pendait du plafond et répandait une lumière rougeâtre. Juste en dessous, Hammouda découvrit une sorte de campement : un divan, une table, des pipes à eau, des poufs. Et, sur un tapis, le plus extraordinaire étalage de richesses qu'on puisse s'imaginer, de l'or à profusion, des statuettes, des vases, des boîtes, des coffres, et des bijoux en cascade : colliers, pectoraux, bracelets et tiares.

Que faisaient ces merveilles dans un endroit pareil ? Puis Hammouda reconnut le fameux pectoral dont la photo avait fait le tour du monde, le « Soleil ailé », et il se rejeta violemment en arrière.

Le cœur du garçon battait la chamade. Apparemment le trésor avait changé de mains encore une fois et Ringo l'avait conduit tout droit dans le repaire du voleur. Il chercha du regard une cachette, une sortie, ou à la rigueur un moyen quelconque pour se défendre, mais que pouvait-il faire face à Monsieur H. armé d'un revolver ?

La lanterne continuait à explorer sans hâte le souterrain. Une voix railleuse se fit entendre :

– Tu sais bien qu'il est inutile de te cacher. La dernière fois, tu m'as faussé compagnie, je suppose que tu es venu t'excuser.

Hammouda s'enfonça encore plus dans le noir, serrant Ringo sur sa poitrine. Il aurait pu lancer le chien contre son ennemi, mais il savait qu'en faisant cela il mettrait la vie de Ringo en danger : le chien n'était pas dressé pour désarmer un criminel.

– Tu ne veux pas te montrer ? continua la voix. Tu essayes de gagner du temps ? Ça ne servira à rien, pauvre crétin. Personne ne connaît l'existence de ce souterrain et personne ne viendra te sauver. Tu es fait !

Ringo leva les yeux vers lui comme pour lui demander : « Tu vas supporter ça ? » et, à ce moment, Hammouda décida que s'il fallait mourir, du moins vendrait-il chèrement sa peau. Il commença à ramper tout doucement en direction de la voix, suivi de Ringo tout aussi silencieux, et essaya de la contourner de manière à se trouver dans le dos du criminel. Il rampait sur le sol humide et sale du souterrain, mettant en fuite blattes et souris, le nez plein d'une odeur écœurante de moisi et de pourriture, mais à mesure qu'il avançait vers la lumière dansante de la lanterne il sentait son cœur se

raffermir et sa détermination s'intensifier. La peur l'avait quitté et tous ses muscles étaient galvanisés par le désir de la lutte. Et voilà qu'enfin, la silhouette d'Henri Armellini se découpa devant lui : il lui tournait le dos et dirigeait le faisceau de lumière vers une encoignure noire, luisante d'eau. Hammouda fit un bond de panthère et atterrit sur son dos, saisissant avec violence la main qui tenait le revolver. Monsieur H. tira deux fois, provoquant une pluie de gravats qui se détachèrent des voûtes du plafond. Puis tous deux roulèrent plusieurs fois sur le sol, pendant que Ringo happait le poignet de Monsieur H. et l'obligeait à lâcher son revolver.

Le chien reconnaissait son odeur : il avait déjà terrassé ce personnage une fois, sur un tapis, dans un endroit lointain. C'était un homme méchant, qui lui inspirait l'envie de le mordre à la gorge, mais ce jour-là son maître l'en avait empêché et avait laissé des policiers s'emparer de lui. Que fallait-il faire, maintenant ? Ringo opta pour une solution moyenne et planta furieusement ses crocs dans la partie la plus charnue de sa jambe. L'homme se mit à pousser des cris de goret, Hammouda se redressa et alla ramasser le revolver. Il n'avait pas idée de la façon dont il fonctionnait, mais de le tenir en main le rassurait.

– Laisse-le, Ringo, dit-il.

Le chien lâcha la prise, et Monsieur H. se mit à ramper frénétiquement à quatre pattes, en essayant de s'éloigner d'eux. Hammouda sourit :

– Où vas-tu ? Ça ne servira à rien, pauvre crétin. Personne ne connaît l'existence de ce souterrain et personne ne viendra te sauver.

Il n'avait pas fini de dire ces mots vengeurs, que quelque chose de très dur lui cogna le crâne et il s'écroula en avant.

Un bruit formidable retentit sur la plaine et le peuple d'Iounou se jeta à terre, comme il en avait été instruit. De même firent Anzti et Ramès, qui cachèrent leur visage dans le sable, le protégeant de leurs mains. Au-dessus de leurs têtes passait une épouvantable tourmente, le sable crépitait autour d'eux et la lumière du soleil était devenue pourpre. Le vent était si fort qu'il arrachait des lambeaux de leurs tuniques et tour à tour les plaquait à terre et les soulevait, menaçant de les emporter. Des buissons secs les frappèrent au visage et roulèrent au loin, des petits animaux couleur du sable sortirent de leurs tanières et se mirent à fuir éperdument. Et puis le vent tomba, aussi soudainement qu'il s'était déchaîné. Anzti se releva, imité par Ramès, et regarda vers l'ouest. Du haut de leur escarpement, ils pouvaient voir un énorme nuage de fumée et de poussière qui s'élevait dans le ciel, à l'endroit où jusqu'à cet instant se trouvait la ville de Sekhem. Il avait une forme bizarre, comme un champignon colossal, et se dressait immobile et menaçant contre l'horizon.

– C'est fini, dit Anzti.

A cet instant précis la terre commença à trembler.

Ghelda avait ficelé Hammouda de manière telle qu'il lui était difficile de respirer, et maintenant il était occupé à panser la blessure de Monsieur H., lequel continuait à pousser des cris comme si on l'égorgeait.

— Je ne vous savais pas si douillet, grogna Ghelda en tamponnant la blessure avec du coton imbibé du cognac préféré de M. Armellini.

— Il faut attraper ce chien, hurlait celui-ci, il faut que tu l'attrapes et que tu l'étripes. Tu as compris ?

— J'ai compris, grogna l'autre.

— Gare à toi si tu le laisses s'échapper !

— Où voulez-vous qu'il aille ? J'ai fermé la trappe.

— Où est cet imbécile de Walid ? A vous deux, vous n'avez pas réussi à empêcher ce pouilleux et son chien d'entrer ici ?

— Je suis là, dit la voix tremblante de Walid. Je surveille l'échelle.

A peine avait-il prononcé ces mots qu'un bruit sourd se fit entendre, comme le roulement de mille tambours, et le sol commença à bouger. Des morceaux de plafond tombèrent avec fracas, les colonnes ondoyèrent et une des voûtes se fendit avec un bruit formidable. Le souterrain fut envahi par la lumière, puis ce fut une avalanche de pierres et de briques, de gravats et de moellons.

Au bord du cratère qui s'était ouvert dans le souterrain, une patrouille de *boulouq nizam* contemplait, effarée, gisant tout au fond, l'or d'Hor Hotep qui brillait au soleil.

22

Quand la terre eut cessé de trembler, Rami et le directeur se trouvèrent assis sur un trottoir, dans le quartier qu'on appelle Ain Chams, près de l'Abassieh. Ils n'avaient pas bougé d'un pas : les maisons, les palais, les arbres, les fontaines avaient surgi autour d'eux comme les scènes d'un théâtre, dans un bruit assourdissant. Leurs habits étaient déchirés et sales, et leurs figures couvertes de poussière. Autour d'eux, des gens aussi échevelés qu'eux étaient descendus dans les rues, terrorisés par le séisme. Des femmes en chemise de nuit serraient leurs enfants sur la poitrine et des petits groupes se tenaient prudemment au centre de la chaussée, pour éviter d'être écrasés par un morceau de corniche. Mais la ville était intacte et les gens quittes pour la peur.

– C'est fini. Ça s'est arrêté, cria un policier qui passait à cheval. Rentrez chez vous !

La foule commença à se disperser. Le directeur se leva et tendit la main à Rami pour l'aider à se mettre debout. Ils s'acheminèrent en titubant un peu dans une rue large et droite, ombragée par des acacias. A hauteur de l'Hôpital français, ils virent une calèche et lui firent signe. Le cocher était jovial et très bavard. Il leur raconta qu'il venait du Khan Khalil, où il avait accompagné un antiquaire qui craignait que son magasin n'ait été endommagé par le tremblement de terre.

Mais l'ancien quartier n'avait subi aucun dégât – continuait l'intarrissable cocher – à part un gouffre qui s'était ouvert près de la mosquée du Sultan Barquq. Il raconta que des démons s'en étaient échappés en y laissant leur or, et que cette nouvelle avait provoqué une émeute dans le quartier. Oubliant sa peur, la foule s'était ruée vers Sultan Barquq et la police avait dû intervenir pour bloquer le Mouski, la Sagha et les autres ruelles du Khan Khalil.

Un pressentiment traversa l'esprit de l'archéologue :
– Conduis-nous là-bas, ordonna-t-il au cocher
Celui-ci secoua la tête sans se retourner.
– On nous laissera pas passer, *hawaga*.
– Je ne suis pas un *hawaga*, le reprit Dupré en souriant. Je suis Égyptien depuis bien plus longtemps que toi.

Cette fois le cocher se retourna et le regarda avec une pointe d'incrédulité :
– Peut-être. Mais t'as quand même la tête d'un *hawaga*.
– Conduis-nous au Khan Khalil, s'il te plaît.
– Boh, moi je m'en fiche. Si on nous repousse, tu auras payé la course pour rien.

Un cordon de police à cheval entourait la place de Sayedna Hussein qui domine le Khan Khalil, mais le directeur montra à l'officier en faction sa carte d'archéologue et la calèche passa, à la joie du cocher :

– Mince, je suis le seul *arbagui** qui aura vu le trou aux démons, dit-il fièrement.

Et il mit ses chevaux au trot.

Près du minaret de la mosquée, des officiers de police entouraient en discutant et en gesticulant le trou béant qui s'était ouvert dans la chaussée. Quatre *boulouq nizam*, les mêmes qui avaient découvert le gouffre, se tenaient prudemment à distance.

– Je vous dis que ce n'est rien... ce sont ces objets qu'on fabrique pour les touristes, criait un capitaine.

Le directeur et Rami descendirent de la calèche et s'approchèrent des officiers.

– Il faut descendre et s'en assurer, insistait un lieutenant.

– S'assurer de quoi ? Je vous dis que ce n'est que de la pacotille en cuivre !

– Cuivre ou pas, il faut explorer l'endroit. Il se peut qu'il y ait des blessés.

– Pas de blessés, intervint un *boulouq nizam*. Rien que des démons, et ils se sont échappés.

– Pas tous ! N'oubliez pas qu'il y en a encore un, là-dedans !

– Il vaut mieux attendre l'arrivée du cheikh de la mosquée, intervint un vieux major. Lui seul peut vaincre les forces malignes.

– Oui, oui, il faut bénir l'endroit, après quoi nous descendrons ! crièrent en chœur les *boulouq nizam*.

Rami se faufila au milieu des policiers et jeta un coup d'œil dans le trou. Il entrevit des lueurs, des éclats dorés qui brillaient par endroits sous les gravats et la poussière. Et puis il entendit une voix qui paraissait venir de très loin :

– Sortez-moi d'ici ! Faites-moi sortir, j'étouffe !

Rami revint en hâte vers le directeur :

– Monsieur, Hammouda est en bas. J'ai reconnu sa voix.

– Tu es sûr, Rami ?

– Aussi sûr que je vous vois, monsieur.

Le directeur s'approcha du plus haut gradé, un colonel.

– Je voudrais m'assurer que les objets qui sont dans ce trou sont bien des copies pour touristes, dit-il après s'être présenté. Permettez-moi de descendre, ça ne prendra que quelques minutes.

– Monsieur, je le voudrais bien, mais c'est très dangereux, dit le colonel. Il y a un être bizarre à l'intérieur, dont nous ne connaissons pas la nature. Il est revêtu d'écailles jaunes et luisantes et ses pieds aussi sont jaunes, comme ceux d'un canard.

Le directeur sourit :

– Il ne faut pas vous faire de souci, mon colonel. Si vous saviez combien d'êtres bizarres je rencontre dans mon métier !

Au fond, l'officier était bien content que l'archéologue se porte volontaire pour cette périlleuse mission, mais gardait encore quelques scrupules :

– Je ne peux pas vous permettre d'y aller seul, monsieur.

– Mon assistant m'accompagnera, coupa le directeur.

Alors, comme par enchantement, des échelles firent leur apparition et furent introduites dans le gouffre. Le directeur se fit prêter une lanterne et commença à descendre, suivi par Rami. L'endroit était sombre et sentait la poussière.

– Hammouda ! Hammouda, où es-tu ?

— Je suis ici, répondit la voix de Hammouda.

Leur ami était étendu entre une série de vases et une statuette d'Osiris, et sa *gallabieh* était presque aussi scintillante que l'or qui l'entourait.

— Tu as l'air d'un saucisson, dit le directeur en riant et en commençant à défaire ses liens.

— Je ne sais pas ce que c'est qu'un saucisson, répliqua Hammouda, mais je sais que ces imbéciles là-haut m'ont pris pour un *afrit*.

— Tu sais que tu es un vrai héros ? L'Égypte entière parlera de ton exploit !

— Moi, j'ai rien fait, bougonna Hammouda.

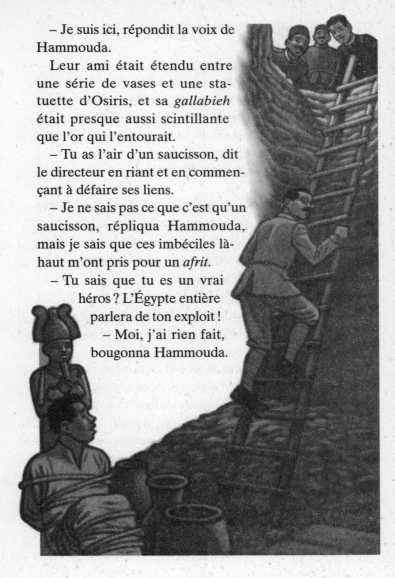

C'est Ringo qui m'a amené ici, en suivant les traces de Monsieur H.

Rami et le directeur pâlirent :

– Ringo ! Mais nous l'avons laissé à Sakkara ! Où est-il ?

– Ne vous en faites pas, répondit Hammouda, il est sain et sauf. Je l'ai entendu aboyer.

– Oui, dit Rami, mais s'il est bloqué sous ces gravats, il nous faudra des jours pour le libérer !

– Ringo est sous la trappe, dit Hammouda

– Quelle trappe ?

– Celle par où nous sommes entrés. Elle se trouve dans le minaret, il suffira de l'ouvrir pour le faire sortir.

La voix du colonel retentit au-dessus de leurs têtes :

– Alors, monsieur l'archéologue, tout va bien ?

Le directeur leva la tête vers lui :

– Tout va bien, colonel, mais il vaudrait mieux appeler M. le *hakimdar*. Voyez-vous, cette enquête lui appartient. Dites-lui seulement que nous avons suivi l'odeur du poivre, il comprendra.

Le colonel, impressionné, se mit debout et claqua les talons. Des ordres furent donnés, des cavaliers galopèrent jusqu'au poste de police d'Abdine, et le *hakimdar*, fou de joie, se précipita au Khan Khalil sans même prendre le temps de boutonner sa vareuse : retrouver le trésor signifiait pour lui, au bas mot, un poste de ministre. Il trouva le directeur assis au bord d'un trou dans la chaussée, en compagnie de son assistant, de son chien et d'un inconnu drôlement habillé de jaune vif. Ils étaient sales, hirsutes et déguenillés, mais de toute sa vie il n'avait jamais vu de gens plus heureux.

23

Dans son bureau, Gaston Maspero attendait avec une impatience fébrile le coup de midi, l'instant solennel où ce 15 novembre 1902, le khédive d'Égypte Abbas II allait couper le ruban rouge tendu en travers de la grande porte de « son » musée. Gaston Maspero était finalement tranquillisé et se sentait extrêmement reconnaissant envers Alain Dupré et le jeune Rami, et cela pour deux raisons : tout d'abord, ils avaient retrouvé le trésor d'Hor Hotep juste à temps pour qu'on puisse l'installer en toute hâte à la place qui lui était destinée. Ensuite, ils avaient réapparu après une mystérieuse absence sans éprouver la nécessité de lui raconter des histoires absurdes qu'il lui aurait été impossible de croire. Depuis leur retour, ils s'étaient enfermés dans le laboratoire en compagnie du chien Ringo et d'un jeune individu drôlement attifé et n'en étaient plus sortis, même pour assister à la rapide mise en place du trousseau funéraire d'Hor Hotep dans l'aile gauche du musée. En fait, M. Dupré montrait, depuis son retour, un certain désintérêt pour le trésor retrouvé et ne lui avait accordé qu'un regard distrait quand on lui avait demandé de contrôler les différentes pièces. C'est alors qu'on avait découvert la disparition du « Soleil ailé », mais le bijou était trop connu dans le monde entier pour que les voleurs essayent de le vendre : on le retrouverait un jour ou l'autre. Dans la confusion créée par le tremblement de terre, l'affreux Monsieur H. et ses complices avaient réussi à s'enfuir encore une fois, mais Gaston Maspero s'en moquait complètement. La chasse aux criminels était l'affaire de la police. L'important, pour lui, c'était que les collections de « son » musée soient complètes, sans ces tristes écriteaux et ces mornes copies qui remplacent les pièces disparues. Tans pis pour le « Soleil ailé ». En attendant de le retrouver, on avait mis à sa place le coffret qui avait contenu les papyrus. Pourtant Gaston Maspero se demandait parfois, avec une pointe d'inquiétude, pourquoi Monsieur H. avait choisi de garder cette pièce, alors qu'il aurait pu en conserver d'autres, plus discrètes, moins connues, et d'une plus grande valeur marchande.

Rami grimpa sur une table et s'assit sur le rebord d'une des fenêtres du laboratoire. Dans le jardin, les premiers invités étaient déjà arrivés et avaient pris place sur des rangées de fauteuils en rotin, protégés par des parasols. Il y avait des princes, des ministres, des ambassadeurs, des représentants de tous les pays du monde, des savants célèbres, de grandes personnalités de l'industrie et de la finance, ainsi qu'un nombre considérable de très belles dames de la meilleure société. Grâce à leurs chapeaux, l'austère jardin du musée se transformait peu à peu en un parterre fleuri aux couleurs vives. Au-delà des grilles, une foule compacte avait envahi la grande place Ismaïleya et attendait l'arrivée du souverain.

Le bruit des conversations montait jusqu'à Rami et il entendit prononcer plusieurs fois le nom d'Hor Hotep. Les journaux du matin avaient relaté avec beaucoup de détails l'aventureuse récupération du trésor grâce à l'archéologue Alain Dupré, ses assistants Rami et Hammouda, et le flair de l'extraordinaire chien Ringo.

« *Dupré et ses aides ont fait semblant de disparaître à Sakkara pour tranquilliser les criminels et mieux les traquer* – écrivait le journal *Al Ahram* –, *une ruse qui démontre les extraordinaires capacités de détective de cet archéologue hors pair.* »

Et *El Hilal* renchérissait : « *Au péril de leur vie, nos héros sont descendus dans un gouffre infesté de démons et de bêtes sauvages, pour sauver cet inestimable témoignage de notre civilisation, dérobé par des criminels sans scrupule.* »

Toujours perché sur son observatoire, Rami vit arriver une colonne de jeunes étudiants aux uniformes chamarrés. Il reconnut à leur tête le proviseur Katkout et le préfet Moyïn, tandis que le surveillant Dardiri fermait le cortège. Les grands de l'Institut khédivial prirent place sur des gradins et la fanfare commença à jouer la marche triomphale d'*Aïda*, ce qui signifiait que l'arrivée du khédive était proche.

– Allons, Rami, dit le directeur. Puis il se tourna vers Hammouda qui était assis tristement dans un coin, toujours vêtu de satin jaune.

– Hammouda, tu ne t'es pas encore habillé ?

Hammouda ne broncha pas.

– Allons, vite, change-toi, ou nous serons en retard !

– Je vous en prie, monsieur, laissez-moi ici, murmura Hammouda. Je ne veux pas me montrer.

– Hammouda, je ne comprends pas. Tu ne veux pas retourner à l'Institut ? Tu ne veux pas qu'on te récompense pour ce que tu as fait ?

– Monsieur, je vous en prie ! Pour moi, la meilleure récompense, c'est de me renvoyer chez ma mère. Elle me manque, ma mère, et puis, à l'Institut, je m'ennuie à mort. Je continuerai à étudier avec le cheikh Abdel Ghelil, ensuite j'irai à l'école de Badrachein et je deviendrai un *rayes*. Un *rayes* instruit, monsieur, qui pourra vous aider dans vos fouilles.

– A l'Institut tu deviendras un haut officier, peut être même un général.

– Monsieur, s'il vous plaît...

– Tu gâches ton avenir !

– Non, monsieur ! Mon avenir est à Mit Rehina. Je le sais !

Le directeur sembla ébranlé par le ton assuré de Hammouda.

– Admettons que je te laisse rentrer chez toi. Qu'est ce que nous allons dire au khédive ? Il va être furieux !

– Le khédive n'en saura rien, monsieur.

– Hammouda, tu dis des sottises. Comment peux-tu penser que...

– Je vous assure que le khédive n'y verra que du feu, monsieur. Ayez confiance en moi !

Gaston Maspero se hâta à la rencontre du khédive qui arrivait en grande pompe dans un carrosse doré et tarabiscoté, traîné par trois paires de chevaux. Le souverain portait son uniforme de gala, surchargé de broderies et de décorations, et son tarbouche était planté fièrement sur sa tête. Il était visiblement de très bonne humeur, une disposition d'esprit qui le rendait généreux en titres, prébendes et décorations, et l'assistance retint son souffle en se demandant quels allaient être les heureux bénéficiaires de l'allégresse d'Abbas II. Ils ne durent pas attendre longtemps. Dès qu'il se fut assis sous son baldaquin, le khédive demanda à voir le directeur, Rami et Hammouda.

– Amenez-les moi, Gaston, afin que je puisse les remercier comme il convient.

Maspero chercha du regard Alain Dupré et Rami, et les vit qui sortaient du musée. Il leur fit signe d'approcher, tandis qu'une voix retentissante clamait :

– M. Dupré, Rami et Hammouda sont attendus à la tribune royale.

– Ça y est, émit le directeur entre ses dents. Qu'est-ce que je vais lui dire, maintenant ? Que Hammouda a été avalé par une baleine ?

A l'instant même un des élèves de l'Institut khédivial déboucha des rangs comme poussé par une catapulte et se dirigea en titubant vers le dais du khédive.

– Viens, mon cher Hammouda, dit le souverain. Viens... je suis fier de toi et de tes amis !

Un tonnerre d'applaudissements couvrit ses paroles et personne ne remarqua l'expression ébahie du directeur et de Rami. Cet « Hammouda » inconnu était un garçon grassouillet, aux cheveux couleur filasse et au visage rond comme la pleine lune. Il trébucha sur la dernière marche et faillit atterrir sur les genoux d'Abbas II.

– Où sont tes amis ? demanda avec bienveillance le khédive.

– Eh ? gémit Bibi en tournant un regard vague sur l'assistance.

– Nous voici, Votre Altesse, répondit le directeur en gravissant rapidement avec Rami les marches de la tribune.

– Mes amis, il n'existe pas de récompense pour ce que vous avez accompli, dit le khédive, mais je veux tout de même vous exprimer ma gratitude. J'ai donc décidé de

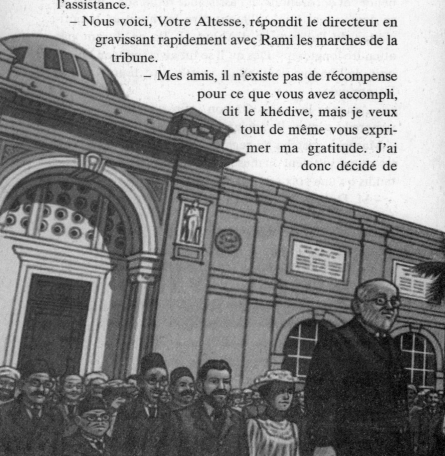

vous conférer à tous les trois le titre de bey et de vous faire don d'un domaine de cent *feddans** prélevé sur mes possessions personnelles. Ses revenus vous permettront de continuer vos travaux et vos recherches sans vous préoccuper des financements.

– Merci, Votre Altesse, murmura Alain Dupré. Votre générosité est sans limites.

Un chahut épouvantable éclata soudainement dans les rangs de l'Institut khédivial. Les files se brisèrent, des élèves dégringolèrent des gradins en jurant, on vit le tarbouche du proviseur s'envoler et le surveillant Dardiri qui empoignait à plein corps un petit homme à face de pékinois qui se débattait comme un forcené.

– Lâche-moi, imbécile, salaud, criait le préfet Moyïn de toutes ses forces, le khédive doit savoirs la vérité !

– Tu vas te taire ? Ou tu préfères que je t'étrangle ? braillait Dardiri.

Abbas II tapa des mains :

– Laissez-le ! Qu'il parle ! Qu'avez-vous, Moyïn effendi ? Le soleil vous a-t-il causé un dérangement ?

– Votre Altesse, haleta le préfet en se précipitant au pied de la tribune, on vous trompe, on vous ment !

Il pointa un doigt vengeur vers Bibi :

– Ce type-là n'est pas Hammouda ! Il s'appelle Bibi et il est garçon épicier !

– Mais oui, je le sais, dit suavement le khédive. C'est la nouvelle identité que vous lui avez donnée, pour le protéger. A propos, étant donné que Monsieur H. est toujours dans les parages, il faudra lui en trouver une autre.

– Votre Altesse, hurla Moyïn effendi, je vous dis que ce Bibi n'est pas le vrai Hammouda, il est le neveu de Dardiri. Vous n'allez pas tout de même donner cent *feddans* au neveu de Dardiri !

Le khédive fronça les sourcils, puis tourna la tête vers son chambellan et lui murmura quelque chose. Le chambellan fit un petit geste de la main et deux robustes gaillards se matérialisèrent aux côtés de Moyïn effendi, le prirent aux épaules et le soulevèrent.

– Tout droit au Palais Jaune, ordonna le khédive.

Le Palais Jaune était le nom qu'on donnait (et qu'on donne encore), au Caire, à l'hôpital des maladies mentales. Les deux gaillards disparurent, emportant Moyïn effendi qui ruait, criait et se débattait comme un vrai dément, au milieu des murmures et des exclamations scandalisées du public.

– Oublions ce regrettable incident, reprit le khédive en

s'adressant galamment au parterre des dames, et procédons à l'inauguration de ce magnifique édifice.

Abbas II descendit de l'estrade et se dirigea vers la porte d'entrée du musée, barrée par un large ruban rouge. A sa gauche marchait Gaston Maspero qui voyait se réaliser le rêve de sa vie, un rêve qu'il avait hérité de son prédécesseur, Auguste Mariette*. Il était tellement ému qu'il lui semblait que des volées de cloches glorieuses résonnaient dans sa tête.

Le khédive gravit les marches, un valet en haute tenue lui présenta un coussin sur lequel étaient posés des ciseaux d'or. Le khédive les prit et coupa le ruban.

A la fin de la cérémonie, quand les derniers visiteurs eurent quitté le musée, Rami et le directeur retournèrent dans le laboratoire. Hammouda avait disparu, en laissant une feuille sur laquelle il avait écrit, de son écriture encore malhabile, un seul mot : « Merci ». Ringo était assis dans un coin et agita la queue en les voyant arriver.

– Et maintenant, monsieur ? Qu'allons-nous faire ? demanda Rami.

Le directeur s'assit devant sa table de travail et secoua la tête avec un sourire amer : sous leurs rectangles de verre, les papyrus maudits n'étaient plus que des feuilles grisâtres, criblées de trous, illisibles.

– Tout d'abord, dit-il, on enfermera ces « choses » dans une boîte hermétique que l'on gardera sous clé dans le dépôt du musée. Il ne faut pas qu'ils puissent tromper d'autres archéologues.

– Et Hor Hotep ? et la ville de Sekhem ?

– Un jour, j'écrirai leur histoire. Sous un pseudonyme, naturellement, comme si c'était un roman.

– Pourquoi, monsieur ?

– Parce que personne ne me croirait si je présentais notre aventure comme une vérité scientifique, Rami.

– Le monde entier attend votre rapport sur Hor Hotep, monsieur. Qu'allez-vous faire ?

Alain Dupré se leva de sa place :

– Oh, mon rapport plaira beaucoup à M. Maspero, dit-il avec une pointe d'ironie. Je présenterai Hor Hotep comme un personnage mystérieux qui a vécu à l'époque memphite, dont la tombe, très simple, a été restaurée pendant la dix-huitième dynastie. Je dirai que, pour des raisons inconnues, son caveau tout nu fut transformé en un mausolée magnifique, plein d'or et de peintures murales.

– Un leurre. Un mensonge de Seth, murmura Rami.

– Oui. La vraie tombe d'Hor Hotep, celle où il n'a jamais été enseveli, est celle que nous avons vue, toi et moi : une grotte creusée dans la roche, sans peintures ni trésors, sans inscriptions et sans faux dieux. Ce sont les serviteurs de Seth qui ont maquillé le tombeau, pour faire croire aux générations futures qu'Hor Hotep n'était qu'un personnage quelconque, et cacher ainsi le sens de son message.

– Alors Seth est vraiment le démon, monsieur ?

– Seth a de multiples noms, Rami. Et il n'a pas dit son dernier mot.

Glossaire

Abaya : large cape traditionnelle qui recouvre complètement les habits aussi bien masculins que féminins.

Afarem : mot turc qui exprime la plus grande satisfaction, et qui correspond à « bravo ».

Afrit : démon.

Arbagui : cocher (charretier en égyptien moderne).

Boulouq nizam : policier.

Canope : on appelait « vases canopes » des récipients généralement en albâtre, que les anciens Égyptiens employaient pour conserver les viscères des corps embaumés.

Feddan : un feddan équivaut à environ un demi-hectare.

Gallabieh : longue chemise portée par les hommes et les femmes.

Ghenn : petit démon domestique.

Kebabgui : marchand de kebabs, de brochettes.

Kottab : classe primaire coranique.

Mawlana : monseigneur. Titre que l'on donne aux hommes de religion dans l'Islam

Omm : mère.
Quand on veut se moquer de quelqu'un, en Égypte, on l'appelle « Hammouda, fils de la mère de Hammouda », ou bien « Mohammed, fils de la mère de Mohammed » et ainsi de suite.

Rayes : chef d'un groupe de travailleurs.

Sebka : ensemble de petites boules que les musulmans égrènent, et qui ressemble au rosaire chrétien.

Zagharit : you-you, cris de joie.

Auguste MARIETTE : (1821-1881) célèbre égyptologue qui entreprit des fouilles à Sakkara et dans de nombreux sites égyptiens. Il est le fondateur du musée Boulaq dont les collections on constitué le fonds de l'actuel musée du Caire.

Gaston MASPERO : (1846-1916) a succédé à Mariette, à la direction du musée Boulaq et organisé entre autres, les fouilles des pyramides de Gizeh et du temple de Louxor.

KATIA SABET
L'AUTEUR

Katia Sabet est née au Caire, il y a un certain nombre d'années, de parents italiens. Elle a fait des études de droit français avant d'enseigner pendant vingt-huit ans l'italien et la littérature italienne à l'université du Caire. Elle devient ensuite journaliste, et elle est actuellement correspondante d'une agence de presse américaine. Connue au Moyen-Orient pour ses scénarios de feuilletons télévisés, elle a toujours aimé écrire. Elle a également participé à l'écriture de quelques longs métrages. Elle a publié quatre romans en langue arabe, et *Les papyrus maudits* fait suite au *Trésor d'Hor Hotep,* son premier roman pour la jeunesse. Mariée, elle a deux enfants et quatre petits-enfants. Elle partage son temps entre Le Caire et un village de campagne dans le delta du Nil.

PHILIPPE BIARD
L'ILLUSTRATEUR

Philippe Biard est né en 1959. Après des études de dessin aux Beaux-Arts et aux Arts Appliqués de Paris, il travaille dans une agence de publicité, puis collabore avec des architectes décorateurs. Depuis 1987, il réalise des illustrations et des bandes dessinées pour la presse et l'édition. Aux éditions Gallimard Jeunesse, il a déjà travaillé pour la collection Drôles d'Aventures et pour des collections documentaires comme Découvertes junior, Premières Découvertes ou les Racines du Savoir. Pour illustrer ce livre, Philippe Biard a travaillé en étroite collaboration avec Katia Sabet, afin d'être le plus près possible de la réalité de l'Égypte de cette époque, et de restituer fidèlement la lumière et l'ambiance des différents lieux traversés par les personnages au cours de cette histoire.

Loi n°49-956 du 16 juillet 1949
sur les publications destinées à la jeunesse
ISBN 2-07-055402-3
Numéro d'édition : 122739
Numéro d'impression :
Dépôt légal : octobre 2003
Imprimé en Espagne par Novoprint (Barcelone)